E VOI CHE FARESTE

ANTONIO NAPOLANO

Youcanprint *Self-Publishing*

Titolo | E voi che fareste?
Autore | Antonio Napolano
ISBN | 978-88-91175-83-0

Youcanprint Self-Publishing
Via Roma, 73 – 73039 Tricase (LE) – Italy
www.youcanprint.it
info@youcanprint.it
Facebook: facebook.com/youcanprint.it
Twitter: twitter.com/youcanprintit

A mia madre

Mettetevi comodi, vi racconto una storia di un po' di anni fa, in queste poche righe non vi è la presunzione di insegnare niente a nessuno, semplicemente la volontà di raccontare un percorso di vita, una delle tante che indifferentemente ogni giorno ci sfiorano; presi dalla nostra quotidianità, non ci accorgiamo e non ci rendiamo conto di quanto siamo vulnerabili e maledettamente indifesi davanti agli eventi che essa può scatenarci contro.

1

Santa Maria al faro, una di quelle ridenti cittadine alle falde del Vesuvio, quelle in cui trovi ancora le sale da biliardo, piene di giovani e anziani, che si sfidano a carambola, scopa, flipper, biliardino, dove, di giorno in giorno, di mese in mese, gli anni passano lenti, e a volte noiosi; con le stagioni ad inseguirsi ed a volte a mescolarsi, giusto per far dispetto ai commercianti che non sanno cosa esporre nelle vetrine - capi estivi, capi invernali? - e a far dispetto a quegli agricoltori che ormai non ci capiscono più nulla, ad inseguire la meteorologia e la semina.

Martedì, 12 ottobre 1982

L'anno in cui l'Italia vinceva i mondiali di Spagna.

Erano da poco passate le 19:30; il sole ormai calava presto, verso le 17:00, 17:30, e tutti avevano un pensiero rivolto alla cena ed al calore delle loro case.
Anche se non ci volevano ancora i cappotti o i maglioni di lana, la tramontana cominciava a farsi sentire più intensa e pungente, e si sa, quando si passa dall'autunno all'inverno si tentenna sempre un po' prima di ficcarsi addosso i maglioni pesanti e le sciarpe di lana, come se non si volesse lasciar andare via ciò che è rimasto della bella stagione, quella del profumo di rose, degli amori giovanili, della fine della scuola, dello svago all'aria aperta, del sole, del mare, insomma, di tutto quanto vale la pena almeno una volta vivere.

Tutti, o quasi, ritornavano alle loro case, mentre Pierluigi Russo si guardava le punte delle scarpe Mecap bianche a strisce blu che tanto aveva desiderato e tanto amava, appoggiato al muro esterno, affianco alla sala da biliardo.

Nonostante la madre gli avesse assicurato che quella sera sarebbe tornata un poco più tardi, Pierluigi non smise un attimo di stare in pena.
Aveva come una strana sensazione che gli si aggrovigliava addosso e risucchiava tutte le sue energie, fisiche e mentali.
Si sentiva come in uno stato di smarrimento e confusione, poco lucido.
Aveva un'ansia crescente.
Mentre provava tutto ciò, la sua mente ritornò a quando spesso, da bambino, doveva deglutire molta ma molta saliva, e stringere forte le mascelle per arrestare la sua ira.
Infatti, i commenti che sentiva fare sulla madre, rispetto ai quali la sua anima ribelle e sensibile combatteva tormentata, gli creavano una sensazione di rabbia, di vuoto allo stomaco, direi quasi uno sfarfallio.
E la cosa che più lo infastidiva era che queste considerazioni arrivavano proprio dai suoi amici.

La madre Katia aveva trentacinque anni ed era ancora bella e affascinante, e nonostante Pier avesse già diciotto anni per lui sua madre era sempre sua madre, oltre che essere l'unico membro della famiglia.

In effetti, Katia, era rimasta incinta appena diciassettenne, si vociferava, di un Marines della base Americana di Napoli, che poi pare si fosse ritirato in America e non avesse più voluto sapere niente di quella meravigliosa fanciulla, sedotta e poi abbandonata.

Pertanto Pierluigi non aveva mai conosciuto suo padre, né la cosa gli era mai balenata nella mente.

Katia era divenuta per forza maggiore donna troppo in fretta. Messa alla porta dai genitori, disorientati e disonorati dalla figlia incauta, aveva tirato su Pierluigi oltre che da brava madre premurosa e sensibile anche colmando a volte il vuoto lasciato dal padre; senza troppa convinzione però, talvolta assumendo atteggiamenti duri e fermi per cercare di contenere la vivacità del ragazzo.

Pierluigi, pian piano, si mise in marcia; sempre tenendo la testa china, con lo sguardo spento, camminava con fare automatico attraverso i vicoli che lo conducevano verso casa. Era, ripeto, come avvolto da un torpore, come se viaggiasse sollevato da terra e trasportato da chissà quale forza misteriosa.

La casa di Katia e Pierluigi era molto modesta ma dignitosa, se non altro per la pulizia.
Era una di quelle case a piano terra appartenente a un corpo di una palazzina più grande, composta di sei appartamenti, due al piano terreno, due più grandi al

primo piano, e due mansarde al secondo ed ultimo piano.
Nelle case ci vivevano in affitto quattro famiglie, un po' per costrizione, un po' per convenienza. Al primo piano, in una, il proprietario; in un'altra attigua a questa, la figlia del proprietario col marito.

In una delle mansarde, la famiglia Anzovino, composta dal padre, un tenente dell'esercito in pensione, la moglie Lia, casalinga, la figlia Aurora, che non ancora ventitreenne non aveva avuto fortuna di trovare l'amore, come lei diceva, che la portasse via, definitivamente, da quello squallido paese, a differenza di quanto aveva fatto la sorella Chiara, ventuno anni, più "fortunata", che durante una vacanza in Grecia si era fidanzata con uno spagnolo di Malaga, e con il quale era andata di lì a sei mesi a convivere, ovviamente con tutte le maledizioni del padre, che in totale disaccordo aveva giurato di diseredare la figlia per l'affronto di non essersi sposata prima di andare via di casa.

Il tenente, un ex militare dell'esercito in pensione, aveva sempre cercato di dare alle due ragazze un'educazione al quanto militaresca e severa, ottenendo, come si può ben immaginare, il risultato contrario.

Le due, in effetti, conducevano una vita, diciamo, poco "ortodossa", badando poco alle forme, e quindi fregandosene dei commenti dei loro compaesani, che le ragazze consideravano rozzi, ignoranti, impegnati solo

a sparlare ed a spettegolare, sempre pronti a giudicare gli altri, come se nelle loro "immacolate" case tutto fosse lindo e pinto e senza peccato.
Spesso Aurora, al cospetto di Pierluigi, in quei brevi momenti in cui si può incontrare un condomino, si era presa la libertà di lanciargli sguardi ammiccanti, quasi provocanti e languidi; usava anche paroline e frasi piccanti, come se volesse denigrarlo, e al tempo stesso metterlo alla prova, pur sapendo che Pier, da bravo ragazzo, più giovane, non avrebbe mai sorpassato il limite.

Aurora era molto bella, alta circa un metro e settanta, capelli lisci neri e lunghi, quasi arrivavano ai glutei, gli occhi grandi, di colore verde smeraldo, un po' tirati, come se fosse di origine asiatica o ungherese, carnagione scura; si teneva in forma frequentando un circolo sportivo dove vi era una pista d'atletica, un campo di squash, uno di tennis, piscine varie e in più un centro SPA.
Si dedicava all'atletica leggera, correva, era molto brava, ma non tanto veloce da poter partecipare ad una gara o ad una maratona a livello agonistico.
Aurora era più grande di Pierluigi di circa cinque anni, ed aveva ovviamente più esperienza di vita, conoscenza del mondo, più malizia.
Ma più di ogni altra cosa, aveva una posizione economica superiore, all'epoca, ma forse anche oggi; coloro che possedevano più danaro era come se avessero un varco prioritario, come se viaggiassero sempre in prima classe per intenderci.

Come a dire "io sono più ricca di te quindi tu sei a mia disposizione e non azzardarti a metterti a mio livello".

Una volta, circa cinque anni prima, proprio per queste convinzioni, quando Pierluigi aveva all'incirca tredici anni ed Aurora quasi diciotto, si era presa la libertà di passare una mano nei capelli morbidi, ricci e neri, di Pierluigi, strofinandogli la testa.
Il ragazzo aveva avuto un sussulto, rimanendo quasi imbambolato e socchiudendo gli occhi; indietreggiò per pudore e dovette soccombere.
Soffocò, così, il primo vigore maschile, che da poco in lui cominciava a manifestarsi ed a crescere.
Alla sua età, le trasformazioni del corpo avvenivano giorno dopo giorno, e non solo gli aumentava la percezione sulla sessualità, ma anche la voglia di scoprire il meraviglioso universo femminile.

Perciò quel primo contatto con lei, gli aveva creato non poco imbarazzo, ma nello stesso tempo acceso una certa eccitazione.
Notò il profumo che ella indossava, e scoprì di avere dei nuovi sensi mai avuti prima.
Infatti, oltre all'olfatto, il tatto, il ribollire del sangue nelle vene scoprì anche quanto era duro trattenere le reazioni e tenere a freno la lingua.
Ma la cosa più emozionante fu quando si accorse di provare un sussulto al cuore, ed il battito accelerò, improvvisamente.

Per Aurora provocare Pierluigi, oltre che a riaffermare la sua superiorità, era più probabilmente una ricerca e una dimostrazione a se stessa di come potesse dominare gli uomini, e tenerli al guinzaglio, proprio come invano, il padre, cercava di fare con lei.

Con quei modi di fare non solo stuzzicava le fantasie di Pierluigi, ma di tutto il vicinato maschile.

Infatti, anche se alcuni uomini l'avevano vista crescere, non potevano fare a meno di desiderarla, mentre, le donne, di invidiarla e bestemmiarla.

A Pier, quella carezza sulla testa era piaciuta, veramente tanto, ma, soprattutto la frase che lei aveva detto mentre lo accarezzava.
"Ah, se fossi più grande, saprei io cosa farti"…

Come si può immaginare, i giorni seguenti per Pierluigi, furono un turbinio di emozioni.

Non faceva altro che cercare di incontrarla di nuovo, ma cercava di farlo in modo casuale, senza che lei intendesse la cosa, in modo che non si accorgesse della sua tattica.

Aveva optato per gli appostamenti dietro la finestra, ormai aveva imparato ad ascoltare i passi e il rumore dei tacchi quando Aurora rincasava, o il rumore della porta di casa che si chiudeva, di quando Aurora usciva.

Per non farsi scoprire si metteva dietro ad una finestra buia per vederla passare, elegante, bella, disinvolta, sicura di sé, e quando la sua spregiudicatezza ed il suo coraggio glielo permettevano, fingeva che stesse uscendo proprio in quel momento, pur di sfiorarla, ed annusarla.

In fondo, Aurora, a diciotto anni, con un aspetto del genere non poteva far altro che camminare fiera e potente, con tutta una vita distesa ai suoi piedi, pronta a conquistare il mondo.

Diciamoci la verità, a quell'età, prima che i dolori ti abbiano del tutto modificato l'anima, il cuore e segnato il viso, ed il passo da potente e fiero diventi trascinato, il mondo è tuo, e nulla ti sembra impossibile.

Alla porta accanto al militare, nell'altra mansarda, c'era una coppia di sposini, i coniugi Sparano, che avevano coronato il loro sogno di maritarsi, e farsi una famiglia.
Lui un impiegato di una ditta di dolciumi, sempre del paese, lei maestrina di un asilo privato.
Insegnava a circa quindici chilometri di distanza, ovvero due paesi affianco al loro.

Al primo piano, come detto, c'era sul lato destro, il proprietario, Biagio Milanese, con la moglie, entrambi in pensione, che vivevano per lo più per accumulare denaro, derivante dagli affitti delle case, senza pero mai spenderlo, né godersi una vacanza, come se la vita non avesse una fine e come se il tempo a disposizione fosse eterno; l'unico scopo per loro, era possedere danaro e case, case e danaro.

A fianco, la figlia, maritata con un certo Raffaele, chiamato Lello, con il quale dopo il matrimonio, avvenuto giusto un anno prima, avevano avuto una bambina di nome Cristina.
Lui faceva il barista, lei era estetista a mezzo servizio. Entrambi un po' vittima e succubi di quel padre padrone di lei, che non faceva mai nulla per nascondere il suo disappunto per il sostentamento che necessariamente doveva dare a fine mese, affinché i ragazzi potessero condurre una vita più agiata, leggera e tranquilla.

Al piano terra accanto a Pierluigi e la madre, vivevano sei senegalesi, che erano da poco arrivati in Italia e che si arrangiavano alla meno peggio, per pagare l'affitto e per non morire di fame.

La casa di Pierluigi e Katia era composta da un ingressino, e subito a destra una cucina, di fronte alla quale c'era un altra porta che conduceva nella camera da letto; poi il bagno, più una stanzetta, in cui vi era tutto il "mondo" di Pierluigi.
Il tutto era racchiuso in quarantacinque metri quadrati, con tre finestre, i colori erano giallo ocra per l'ingresso e le camere, rosa pallido per la camera da letto, il bagno aveva le piastrelle di due colori diversi, alcune tendente all'azzurro, altre un beige chiaro, con qualche lesione qua e là dovuta alle tante riparazioni necessarie per le

perdite dei tubi che ormai erano davvero troppo vecchi per poter restare ancora in servizio.
Il tutto, però, aveva un tocco femminile, delicato, e calibrato, come solo alcune donne sanno dare alle loro case.
Comunque, se pur modesta, era la loro casa, quella di Pierluigi e della madre.

Pierluigi era figlio unico, almeno lui sapeva così.
Il padre aveva abbandonato la madre quando lei era rimasta incinta, per cui, i ricordi di lui, erano del tutto inesistenti; né una foto, né un video, nulla di nulla, tutto col tempo era divenuto paurosamente normalità come pure la sua mancanza.
La madre era stata molto drastica a seguito dell'abbandono, ed aveva eliminato tutto ciò che potesse ricondurre anche minimamente al padre di Pierluigi: una foto, un libro che lui le aveva regalato in passato, una camicia che una volta le aveva lasciato per farsela lavare.
Insomma, Katia, aveva cercato con ogni mezzo di occultare al mondo, e a se stessa, la presenza inutile ed ingombrante di quel fantasma.

Come si può immaginare, Pierluigi proprio come la madre, era divenuto adulto molto in fretta.
Aveva dovuto sobbarcarsi sulle spalle il peso di una donna sola, ma giovane, bella, madre, ma comunque fragile e sensibile, come solo le donne madri sanno essere, gran lavoratrice, tanto da non far mancare mai nulla di indispensabile a Pierluigi, certamente non una

vita lussuosa o fatta di ozi, ma semplice ed essenziale, al contempo dignitosa.
Spesso, in passato, tra Pierluigi e la madre c'erano state accese discussioni, come, del resto, capita tra tutti i figli e i genitori.
Discussioni sfociate anche in parole grosse, per le quali essi stessi, subito dopo aver trovato la giusta lucidità, si erano pentiti e chiesto perdono ognuno tra le braccia dell'altro, tra lacrime, e singhiozzi, a sancire quell'unione che solo la solitudine e la paura dell'abbandono già vissuto fa fortificare come non mai, specie tra chi si ama.

Adesso, la situazione era diversa; Pierluigi non era più un bambino e soprattutto non poteva permettersi più scenate e tantomeno lacrime, adesso Pierluigi aveva assunto il ruolo di uomo di casa e per quanto fossero soltanto in due era il capo famiglia.

La madre con enormi sacrifici aveva fatto in modo che il ragazzo studiasse e che almeno portasse a casa un diploma, perché, come sempre lei aveva sostenuto, "senza istruzione non vai da nessuna parte".

Pierluigi avrebbe voluto cominciare a lavorare prima, e viveva il tempo a scuola come un'enorme perdita di occasione per guadagnare soldi.
Non si trovava con i modi di fare e pensare dei suoi compagni di classe, non si ritrovava nei professori che difficilmente comprendevano i suoi stati d'animo, e

soprattutto con quegli usi e costumi del suo tempo giovanile che il destino a lui aveva negato.
Inoltre, consapevole che la madre portava da sola i soldi a casa, cercava ogni mezzo per alleggerirle quel fardello.
Per Pierluigi, le priorità erano altre, per cui a cospetto di quelli della sua età, era chiuso, taciturno, riservato, fin troppo forse, e soprattutto, come alcuni lo definivano, era “quello strano".

In effetti, quando era uscito qualche pomeriggio o qualche sera con i coetanei della sala giochi o gli altri compagni di classe, nonostante la cosa fosse molto in voga all’epoca, si era sempre rifiutato di fumare sigarette, ed ancor più categoricamente di fare anche un solo tiro di spinello.
Probabilmente sentiva già sulle spalle, il senso di responsabilità.

Ma la sua stranezza non era nient'altro che la paura di affrontare il mondo, di confrontarsi forse con chi ce l’aveva un padre, e quindi una maggiore sicurezza, una maggiore tranquillità, e soprattutto delle braccia forti dove potersi rifugiare.

Pierluigi, come detto, quella sera avvertiva, senza motivo e senza spiegazioni, un’ansia maggiore del solito nell’aspettare che la madre rientrasse; "il sesto senso" lo portò a figurarsi un quadro poco rassicurante dinnanzi agli occhi.

E fu così che intorno alle ventidue decise di andare a cercarla perché, se era pur vero che la madre con qualche "amica del lavoro" ultimamente si tratteneva un po' di più del solito, era comunque strano che alle dieci di sera passate ancora non fosse rincasata.
Pierluigi aveva il sospetto che la madre gli nascondesse qualche storia, o qualche flirt con qualche uomo. D'altronde crescendo e diventando un uomo, aveva compreso che gli adulti avevano dei bisogni da soddisfare, e, anche se con una punta di dolore, accettava questa situazione, sentendosi impotente e frustrato.
Comunque, a lui bastava sapere che la madre stesse bene; per cui non aveva mai osato chiederle direttamente e spudoratamente, dove e con chi ella passasse le tre ore dopo il lavoro prima di rincasare.

Del resto la madre fino a quel momento, sull'argomento, aveva sempre eretto un muro di omertà, "relazioni personali" diceva; in fin dei conti con questo atteggiamento voleva solo proteggerlo, e non avrebbe mai rischiato di far incrinare il rapporto tra lei e suo figlio per un altro uomo.

Dio solo sapeva cosa lei aveva dovuto sopportare ed ingoiare amaramente per proteggere il suo amato figlio, e dalla miseria, e dalla solitudine, e soprattutto per cercare di dargli un'infanzia "normale".
All'epoca una mamma sola con un figlio non destava tanta fiducia e tanto meno rispetto.

Per cui aveva sempre cercato di ripararlo e di ripararsi da quegli occhi indiscreti che li seguivano dappertutto, pronti a colpire al primo passo falso.
Le male lingue erano sempre in agguato e pronte ad infangare ed a sparlare inutilmente.
Tante volte poi, proprio per non incorrere in giudizi negativi, aveva soffocato anche quell'istinto primordiale che appartiene ad ogni essere vivente, l'istinto della passione, l'istinto della carne.
In effetti, ella aveva respinto a più riprese le avances di molti uomini, a volte anche belli, seducenti, ambiti, ma ripeteva sempre a se stessa,
"meglio rinunciare a loro che a mio figlio".

2

Pierluigi vagava in cerca della madre, ma senza risultato; ormai si erano fatte quasi le ventitré, e preso sempre più dall'angoscia non sapeva che pesci prendere, non sapeva se rendere o meno la cosa pubblica, e quindi rivolgersi ai carabinieri del paese.

Ad un tratto poi gli tornarono in mente delle scene che aveva vissuto da bambino, quando in Puglia, durante una rara ma intensa e bella vacanza con la madre, su una spiaggia vicino ad Otranto all'improvviso si era ritrovato solo in mezzo a tante gambe alte, e ruotando il suo corpicino di bimbo di tre anni a 360 gradi, era scoppiato in lacrime, fino a quando gli si era avvicinato un uomo muscoloso con una canotta rossa, che lo aveva portato su al bar; poi avevano fatto un annuncio al megafono, dopodiché in meno di un minuto, aveva visto correre la madre verso di lui con le braccia tese per abbracciarlo forte per lo spavento subito da entrambi.

Questo ricordo lo distolse per brevissimo tempo; ma fu subito riportato alla realtà dalla sirena della macchina dei carabinieri, un'alfetta blu scuro, con una striscia bianca al centro, con sopra stampato rosso fuoco, il numero 112.

Che fosse una premonizione?? ?

E fu così, che Pierluigi capì che qualcosa stava accadendo o era già purtroppo accaduto.
Corse inseguendo le luci dell'auto dei carabinieri che raramente a sirene spiegate uscivano dalla caserma a quell'ora.
Le luci divennero sempre più fioche, così come il suono che si perse in lontananza.
Pierluigi allora capì che aveva bisogno di prendere un mezzo per raggiungere l'auto che sfrecciava in direzione sud del paese; davanti a lui vide una bici parcheggiata fuori da un basso, la bici di Salvatore l'idraulico. La prese senza pensarci su due volte, e corse pedalando all'impazzata, ormai dentro di lui l'angoscia, il sudore freddo, il vuoto di stomaco, l'ansia, e la paura erano ai massimi livelli.

Fu così che dopo quattro chilometri di pedalata veloce, ed incessante, giunse all'argine del fiume che divideva santa Maria al faro da San Reale; in quel punto la strade era sterrata, e terminava nel fiume con un pendio senza argini.
Il fiume, per la siccità, era divenuto poco più che un ruscelletto, più che altro un letto di polvere.

La macchina dei carabinieri era messa di traverso, il motore e la sirena spenti. Il lampeggiante girava vorticosamente, abbagliando a tratti la vista, con la sua luce blu intenso. Affianco ad essa c'erano i tre militari che con le braccia divaricate, formavano un cordone per non far avvicinare nessuno, cercando di tenere a debita distanza i curiosi che si accalcavano.

Infatti, già una ventina di persone erano accorse, attirate dalle sirene e dalla curiosità.

A terra, coperta dalla bocca in giù fino alla vita da un leggero giubbotto beige da mezzo tempo che lasciava intravedere una parte del busto, giaceva il corpo di una donna.

La poveretta era a terra di schiena, il braccio destro spalancato, con il palmo della mano come se aspettasse di essere sollevata. Anche la testa ed il viso erano girate verso destra, dove in fondo il letto del fiume si perdeva nel mare. Gli occhi erano chiusi, il piede destro nudo al quale mancava una scarpa; al sinistro una di quelle con un po' di tacchetto, trenta, forse quaranta, allacciate alla caviglia, con la punta arrotondata, tipo ballerine, solo un po' più alte.
Le gambe, ruotate verso destra, erano appoggiate l'una sull'altra, ma un po'ad incrocio, la sinistra più avanti, con il ginocchio di essa, che toccava quasi terra, tipo a bicicletta, o come se aspettasse lo starter che spara il colpo per la partenza dei cento metri veloci.
Solo che il corpo, invece di stare in piedi con i muscoli tesi, e pronti allo scatto, giaceva a terra, floscio e privo di vita.
Il vestito era a fiori rosso e blu su un fondo giallo, tirato su fino alla vita lasciando le cosce scoperte.
Sul busto, nelle parti non coperte dal giubbotto, s'intravedeva un seno mezzo fuoriuscito dal reggiseno, con un capezzolo ancora viola scuro; s'intravedeva

anche la spalla nuda con una bretellina scesa e strappata.
Pierluigi, nel vedere quel corpo come sempre accade quando una cosa ti tocca da vicino e ti tocca nel profondo, non comprese subito di chi si trattasse; in realtà non riusciva a vedere con nitidezza dalla sua angolazione, vedeva solo una parte della testa girata verso il mare, ed il corpo era perpendicolare al suo sguardo, per cui non riusciva a capire chi fosse, ed il buio non facilitava le cose, o più semplicemente il ragazzo non voleva credere ai suoi occhi.
Così si sposto di lato per scrutare meglio quel corpo da un'altra angolazione.
E all'improvviso, come se la mente non accettasse quello che stesse vedendo, come se il cervello si scollegasse dagli occhi, come se i sensi fossero compressi e la realtà fosse solo una scena di un film, come se a guardare non ci fosse lui ma solo l'involucro del suo corpo, riconobbe il vestito della madre.
Fino all'ultimo sperò di essersi sbagliato, ad un tratto pensò di essere in un sogno, la realtà sembrò divenire confusa, frastornata, si guardava intorno in cerca di capire, in cerca di un volto amico.
Ma non riusciva a trovare nulla che lo confortasse.
Come può accadere a un uomo appena riemerso da una caduta accidentale in mare aperto, Pierluigi si guardava intorno in cerca del guado più vicino dove dirigersi e aggrapparsi per riprendersi dallo spavento e recuperare aria nei polmoni.
Il suo cuore batteva forte, il respiro era affannato; la pedalata era stata poderosa, il calore gli avvolgeva tutto

il corpo, e goccioline di sudore freddo bagnavano la sua schiena.
Era confuso, anche le voci, i rumori intorno, ed il frastuono che si stava creando, sembrarono per un attimo spegnersi, ovattati, attutiti.
Come se gli avessero ficcato dei tappi nelle orecchie.
E come un bambino, in cerca di mani sicure, protese le braccia verso quel cadavere che giaceva per terra, come se aspettasse un cenno, un segno.
Rimase immobile, con le braccia tese, fermo; la voce non gli usciva dalla gola che d'improvviso era divenuta gelida e secca. Il fiato inalato era freddo come il ghiaccio; gli occhi s'intorpidirono come le mani e i piedi. Le guance divennero di un rosso fuoco, gli sembrò essere entrato in un vortice, lento ma nello stesso tempo sfiancante, soffocante. Si sentì venir meno, e tutto intorno girava lento e confuso.

Strinse gli occhi, assottigliandoli, come quando si cerca di mettere a fuoco meglio una sagoma in lontananza o un panorama accecati dal sole.
Ecco che in un attimo il cuore smise di battere, i polmoni di esalare aria, il corpo divenne pesante, le gambe macigni; lo stordimento fu tale che ad un tratto gli mancarono le forze, e disorientato e perso, si sentì svenire.

Tutto ciò accadeva in pochissimi secondi; poi fu strattonato da una persona a lui sconosciuta che lo prese alle spalle ed agitandolo come quando si scuote una tovaglia dalle briciole lo riportò alla realtà.

Il tizio gli urlava qualcosa, ma era per lui incomprensibile.

Pierluigi allora si voltò per guardarlo meglio. Riconobbe solo una divisa; il viso dell'uomo per lui non aveva lineamenti, come fosse la sagoma di un manichino, né bocca, né occhi, né naso.
Con un gesto rapido si liberò dalle mani che invano cercavano di riafferrarlo, e sgusciò in avanti oltrepassando il cordone dei carabinieri; scivolò sotto le braccia di due di essi, con uno scatto veloce.

Corse quei cinque sei metri che gli sembrarono una distanza enorme, si chinò verso il cadavere ma d'improvviso fu riafferrato da uno dei due militari, che lo aveva seguito.
Pierluigi, senza aprire bocca, solo con lo sguardo comunicò la più terribile notizia che mai avesse voluto dare.
Il carabiniere restò per un attimo basito, e con una sfumatura di angoscia negli occhi trovò la forza di urlargli di stare fermo e di non toccarla, aggiungendo poi, freddamente, come se si trattasse di una pratica da sbrigare nel più veloce tempo possibile,

"Dobbiamo aspettare il magistrato ...per… la perizia... potresti inquinare le prove."

Aggiunse queste ultime parole smorzando la voce, a malincuore, dando dimostrazione che stesse provando pietà e compassione per Pierluigi.

Pier non riusciva a parlare, a capire, in meno di un secondo si svilupparono in lui un innumerevole quantità di interrogativi:

Il primo:
MA, È MIA MADRE ???

Il secondo:
PERCHÉ ???

Il terzo:
CHI ???

Il quarto:
MA, È VERO ???

MA, È LEI VERAMENTE ???

MA, STA ACCADENDO A ME ???

E così via, poi ebbe un mancamento, e svenne.

Gli attimi successivi furono per certi aspetti ancora più traumatici.
Fu risvegliato da due mani che gli tenevano i piedi sollevati con le gambe in alto.
Mentre giaceva anch'egli a terra, ruotò la testa verso quel corpo, e come un ceffone sul volto ritornò alla brutale realtà in men che non si dica.
Scrutando da quella nuova posizione il viso della madre, ebbe la conferma.

Sì, si trattava di Katia.
A terra, morta ammazzata, c'era sua madre, la donna della sua vita.

Le voci di quelli che cominciavano ad affollarsi rimbombavano nella sua mente:

"Ma chi è???"
diceva un tizio,

e un altro:
"Mah sarà una prostituta…"

"Noo"
ribatteva un altro,
"la conosco è una brava ragazza, abita qui vicino".

Ed un altro ancora:
"Ma cosa ci faceva a quest'ora in giro?"

ed un altro ancora:
"Poveretta".

Ed un altro ancora:
"Che peccato ma come è successo?"

ed ancora:
"Ma quanti anni potrà avere?"

ed ancora:
"Ma chi l'ha trovata?"

Un tizio dice:
“Una telefonata anonima…”

A Pierluigi sembrava tutto irreale, e dei tanti commenti, nessuno che esprimesse davvero un sentimento di dolore profondo, o di angoscia, per quello che lì davanti a loro si trovava, un cadavere...
Un cadavere di una giovane madre...
Con una vita spezzata... Una vita ormai finita...

Pierluigi, dopo essersi ripreso leggermente dallo svenimento, fu fatto accomodare all'interno della macchina dei carabinieri; nel frattempo il cordone di persone divenne molto più folto, accerchiando ormai tutto il luogo del ritrovamento.
Si tenevano però a debita distanza, anche per le minacce dei carabinieri, che nel frattempo erano stati raggiunti da altri colleghi per dare una mano.
In tutto ce n’erano sette compreso il capitano di caserma, e una sessantina di persone di tutte le età compreso qualche adolescente, che in maniera rispettosa e silenziosa con gli occhi sgranati osservavano prima il corpo della giovane madre, poi quello di Pierluigi, che era divenuto, bianco, perso e trafitto dal dolore.
Stringeva tra le mani un bicchiere di plastica con dentro dell’acqua che gli era stata data per lo svenimento, ma che continuava a guardare senza riuscire a portare alla bocca.

Tutti commentavano a bassa voce, altri ascoltavano.

Tutti portavano un grande rispetto per quell'avvenimento, per quel corpo, per quella situazione.

È paradossale quanto rispetto ed educazione le persone trovino davanti ad un cadavere, o ad un avvenimento funesto, come, se il rispetto di quel momento potesse cancellare all'istante tutto, le falsità, i pettegolezzi, la mediocrità, la sfacciataggine, le brutalità, le cattiverie, le mezze verità, e le menzogne. Come se all'istante con quella forma di rispetto si potesse mettere da parte tutto.
È strano, è assurdo come per le persone vive e vegete tutto ciò non valga, mentre davanti ad un cadavere ci si ammorbidisca.
Forse perché di fronte ad un corpo privo di vita ci si rende conto di quanto infinitesimamente piccoli noi esseri viventi di questo pianeta siamo.

Questo pianeta che è immenso, bellissimo e che paziente ci ospita, e ci sopporta ancora.

Arrivò una donna in tailleur beige, capelli raccolti, sguardo glaciale, alta, magra, ferma, e risoluta, camminata sicura, carnagione scura come se fosse abbronzata, labbra sottili, viso lungo, sguardo frugatore, interrogativo, sospettoso, indagatore, come solo può essere lo sguardo di una donna magistrato.

Glaciale, in pochi minuti organizzò subito il da farsi, facendo allontanare ancora di più le persone che mugugnando indietreggiarono di altri sei, sette metri.
Indossò dei guanti di lattice color crema, si chinò sul corpo, lo scrutò, si rialzò per osservarlo da diverse angolazioni, poi si accovacciò di nuovo, e scoprì il capo della vittima; dopo un breve scambio di informazioni con il capitano dei carabinieri che le si era affiancato si voltò verso l'auto, lanciò uno sguardo al ragazzo, sembrò nello stesso tempo volergli dire, "mi dispiace, ma è proprio lei".
Come se il povero Pierluigi non aspettasse altro che avere la conferma, l'ultima, quella ufficiale.
Ma, nello stesso sguardo ci fu quella risolutezza di cui sopra, sembrava voler comunicare "Ho bisogno che tu ti riprenda subito, per portare avanti le indagini, riprenditi, perché ho bisogno di parlarti".

Si trattava di un omicidio, quasi certamente anche di uno stupro più omicidio. La donna, oltre ai vestiti strappati, aveva alcuni lividi all'interno delle cosce ed uno sul braccio destro, altezza bicipite.
Le mani rosse avevano dei segni inequivocabili di una colluttazione.
Aveva altri due segni visibili alla gola facevano intendere che la vittima era stata soffocata o strangolata, o addirittura legata da una corda.
Negli occhi che il magistrato aprì fugacemente, Katia aveva un misto di dolore, disperazione e rabbia, ma anche pietà; ormai erano occhi privi di vita, fissi,

inermi, vuoti, immobili, le pupille prive di reazione, la luce in essi era svanita.

Il magistrato dispose il trasporto del cadavere all'obitorio per l'autopsia, come se una morte improvvisa di una giovane donna, madre, di per sé non bastasse.
Ora, quel corpo doveva essere aperto, tagliato, analizzato, seviziato e violentato ancora una volta, perché dopo una morte orribile, c'è anche un seguito orribile, è quasi inevitabile.

Il magistrato, toltosi i guanti, scosso un po' il corpo come per lasciar cadere qualche granello di polvere depositatosi sul suo costoso tailleur, si diresse verso Pierluigi, non prima di aver dato assenso al fotografo della scientifica di fare il suo lavoro.

Pierluigi, che ormai non aveva più la forza di guardare, si teneva il viso tra le mani, respirava pesantemente, incredulo che tutto quello che stava vivendo stesse capitando proprio a lui.

Il magistrato, mostrando un po' del suo lato umano, lo guardò negli occhi e gli mise una mano sulla spalla destra.
Aveva delle dita lunghe ed affusolate, ben curate, con dello smalto rosso fuoco.

Pierluigi allora sollevò a forza il capo, ed il magistrato disse risoluto:

"Può seguirmi in caserma? Avrei bisogno di farle qualche domanda"

Pierluigi senza avere la forza di aprire le labbra, abbassò solo le palpebre come per dire: “Ok”.

Nel frattempo la folla era aumentata ed anche se si erano fatte le due e trenta circa di notte del 13 ottobre, il paese era in fermento; erano persino giunte persone dai paesi vicini per vedere, per capire.

Mai una cosa così grossa era accaduta da quelle parti, dove tutti, bene o male, si conoscevano, dove tutti, bene o male, conducevano una vita abbastanza monotona, ma tranquilla.

Sì, erano gli anni di piombo, gli anni in cui i morti di camorra erano all’ordine del giorno, ma una violenza su una donna in modo poi, così brutale, fino ad assassinarla, a Santa Maria al faro non si era mai vista.

Giunti in caserma, Pierluigi trovò la forza di chiedere dove fosse stata condotta la madre; il Capitano rispose che la madre era stata condotta nell'obitorio dell'ospedale della cittadina più vicina a circa quindici chilometri, all’ospedale Cardarelli di Napoli.

Pierluigi fu fatto accomodare in una stanza abbastanza grande, dove c'erano due scrivanie, una di legno mogano con sopra dei porta foto; ce n’erano due, di

argento massiccio, uno di formato un po' più grande dell'altro.
In uno Pierluigi scrutò il Capitano con una piccola bambina in braccio e una donna al suo fianco.
Pensò al padre ed alla famiglia che lui mai aveva avuto, a quell'assenza, quel vuoto ingombrante di un padre mai vissuto.
Rifletté, se mai anche lui, un giorno, avrebbe avuto una foto del genere, per se stesso, con una sua famiglia.

Dietro alla scrivania c'era una sedia grande di pelle nera, alle spalle la foto del presidente della repubblica Italiana, Sandro Pertini, a fianco una foto del santo padre, un quadretto con un'immagine di un combattimento dei carabinieri a cavallo che impugnavano delle spade, in fine un calendario riportante alcune immagini sempre dell'arma dei carabinieri con su la data dell'anno 1982.

Pierluigi era davanti a questa grossa scrivania, mentre sulla sua sinistra c'era l'altra scrivania più piccola, di colore noce, dove poggiata al suo centro vi era una macchina per scrivere nera, un'Olivetti semi automatica con dei fogli posti su una bacchetta al centro di essa, con dei tasti grossi e rotondi collegati a delle leve strane, che formavano tutte assieme un arco.

Il Capitano chiese a Pierluigi di bere un po' d'acqua o se preferisse del caffè caldo o del te.

Si sforzava di avere dei modi gentili, forse si sentiva toccato dal dolore del giovane ragazzo, o forse per la presenza del Magistrato.

Pierluigi rispose educatamente che non desiderava altro, anche perché era sempre in uno stato di torpore, a stento riusciva a mandar giù la saliva che gli si formava in bocca, in realtà, aveva solo una gran voglia di vomitare.

Il capitano autoritariamente, insistette per fargli portare del caffè, aggiungendo:

"Signor Russo, le servirà".

Era la prima volta che qualcuno lo chiamasse signore, era la prima volta che qualcuno gli dava del lei.
All'istante, era divenuto un signore, adulto e rispettabile. Come per volerlo preparare a qualcosa di brutto, come se tutto quello che Pierluigi aveva vissuto fino a quel momento non fosse tutto l'orribile che si potesse immaginare.

Il Magistrato occupò il posto dietro la grossa scrivania, il capitano si sedette su una sedia alla destra di Pierluigi, mentre l'appuntato prese posizione dietro la macchina da scrivere.
Questi aveva un'aria assonnata, sembrava annoiato, come vivesse in un mondo tutto suo, inerme e privo di emozioni di fronte a quegli eventi, pronto solo a scattare come un automa ad ogni parola del capitano.

Cominciò l’interrogatorio di Pierluigi.

Dopo le domande di rito, nome, cognome, indirizzo, data di nascita etc. etc. il magistrato fece altre domande più precise, diciamo pure più personali, del tipo: se fosse al corrente di qualche frequentazione di sua madre con qualche uomo, dove lavorasse, se avesse amicizie e di che tipo, se era stata una madre severa, dolce, affettuosa, premurosa, e addirittura se avesse mai fatto in passato uso di droghe.

Alcune delle domande lasciarono Pierluigi interdetto ed insinuarono in lui dei dubbi.
Si accorse che c’erano dei punti bui e delle domande a cui non sapeva dare risposta.
In fondo, non sapeva poi effettivamente dove e come la madre trascorresse il suo tempo, si era sempre fidato di quello che gli veniva raccontato, mai evidentemente aveva avuto il minimo dubbio o la necessità di approfondire.
Pierluigi, prima di quelle domande, non si era mai chiesto se Lei gli nascondesse effettivamente qualcosa.

Arrivarono a buon punto, poi il magistrato decise di rinviare il tutto al giorno seguente, perché disse che forse Pierluigi aveva necessità di riposare.

Come se uno può tranquillamente andare a dormire dopo che ha visto il cadavere della madre a terra, violentata e strangolata.

Allora presero l'impegno di rivedersi l'indomani alle quindici, nella stessa caserma, nella medesima stanza.

Il capitano chiese a Pierluigi se avesse bisogno di qualcosa, e volesse essere accompagnato a casa.
Pierluigi com'era nel suo carattere "strano" ringraziò educatamente e disse che non gli occorreva nulla, e andò via.

Scese le scale della caserma, con la morte nel cuore.
Si recò verso casa, con le gambe che andavano da sole, telecomandate.

Pur non sapendo come ci fosse arrivato, Pierluigi si trovò di fronte all'ingresso del suo piccolo condominio: erano ormai le sei del mattino e qualche gallo già era bello che arzillo.
Pier entrò in casa, accese la luce, posò le chiavi sul mobiletto che avevano all'ingresso, si diresse in camera sua, si adagiò piano sul letto, fece il tutto automaticamente, cercando di non fare rumore come gli era capitato qualche sera tarda di sabato, per non svegliare la madre.
Solo che questa volta, Katia, la madre, non c'era.

Mise la testa sul cuscino e con un forte bruciore di stomaco, gli occhi rossi fuoco, colmi di lacrime, un dolore lancinante al ventre, i brividi lungo tutto il corpo, tremante, senza rendersene conto, cadde in un sonno profondo.

3

Maggio 1987

Sono passati quattro anni e cinque mesi da quella terribile notte.
Pierluigi vive da solo nella casa che un tempo era abitata anche da Katia.

Ha fatto inevitabilmente qualche lavoretto, altrimenti non ci avrebbe potuto vivere.

Una foto dei due, in bianco e nero sulla spiaggia di Otranto, è stata ingigantita in formato 13/17, ed ora è esposta nella cucina soggiorno; ogni tanto Pierluigi la osserva ed un senso di malinconia ripercorre tutto il suo corpo. Ogni mattina, prima di uscire di casa ritualmente, tocca con l'indice il volto della madre poi si porta il dito alle labbra e le manda un bacio.

È divenuto uomo, tra mille difficoltà, mille stati d'animo, mille preoccupazioni.
Ha trovato un lavoro quasi stabile che gli ha dato la forza di andare avanti, ma soprattutto ha trovato un canale di sfogo.
Tutta la sua ira repressa, tutto il malumore accumulato negli anni bui ed interminabili in cui spesso i più lugubri pensieri hanno affollato la sua mente, hanno trovato riparo nell'attività fisica.
Si è dedicato quasi maniacalmente all'allenamento dei suoi muscoli, è divenuto più forte fisicamente; ora ha dei pettorali grossi, gonfi ed atletici.

Pierluigi si allena cinque volte a settimana tutte le sere in palestra, è divenuto un giovane uomo di un metro e ottanta di ottanta chili, con braccia gonfie, pettorali in vista e spalle enormi.
Ma dietro quell'ammasso di muscoli e quella forza che solo in giovane età si può avere, celato, c'è sempre un velo di tristezza.
C'è malinconia nei suoi occhi, una tristezza infinita, gratuita, dolorosa, persistente, perenne.

Ha gonfiato ed irrobustito il suo corpo, ma l'interno resta sempre fragile, lacerato e trafitto, vulnerabilmente monco.

Pier è impiegato a tempo indeterminato per una ditta locale, che revisiona e ripara carrelli elevatori.
Ogni tanto gli scappa anche un sorriso ma, a dire il vero, Pierluigi "quello strano" è diventato ancora più chiuso di prima, ha dovuto subire una serie di eventi che neanche il miglior psicologo del mondo sarebbe stato preparato per affrontarli.

Le indagini sulla morte della madre, come spesso capitava, "e capita tutt'ora", si erano arenate; dai segni sul corpo di lei non si poteva risalire a nessuna persona sospetta, né che potesse in qualche modo essere oggetto di indagini approfondite, e come tanti delitti irrisolti, anche questo era rimasto, come dire, "sospeso".

Proprio come la vita di alcune persone, che vivono la loro vita "sospesa".

Un dolore, se vogliamo, ancora più forte, sotto certi punti di vista; il fatto di non avere giustizia, di non avere una risposta plausibile, del perché di tanta sofferenza, di tanto tormento, lacera ancora di più della perdita stessa.

Si accetta la perdita e la scomparsa di un caro improvvisamente, anche se assassinato brutalmente e strappato alla vita, ma ciò che resta insopportabile, è la mancanza di verità.

A Pierluigi, ovviamente, la storia non è andata mai giù veramente e solo Dio sa dove ha trovato la forza per non perdersi moralmente, e fisicamente, abusando di droghe, alcool e chissà quali schifezze che ti portano per poche ore fuori dalla realtà.

Spesso purtroppo capita a chi ha già un equilibrio fragile e precario, a chi non ha sotto una scorza dura, a chi resta solo, chiuso nel suo dolore.

Ma, forse proprio la voglia di giustizia e di verità, assieme all'educazione e gli insegnamenti che sua madre gli aveva dato, hanno salvato Pierluigi dall'abbandonarsi al dolore ed allo strazio.

Pierluigi sarà sempre segnato, ed avrà sempre uno sguardo triste; nulla gli riporterà indietro la madre, lo sa, ed il velo davanti ai suoi occhi difficilmente sbiadirà.

Ci sono vite che a volte sono segnate prima di nascere, vite spezzate.
La mancata risposta alle mille domande, ai mille interrogativi, gli ha lasciato da un lato un senso di vuoto, da un altro un fremito di rabbia accecante.
Vive tra la delusione e la rabbia repressa, e con l'angoscia di chi non avrà mai giustizia né una spiegazione plausibile del perché gli sia capitato tutto questo, e perché proprio a lui che già non ha avuto un'infanzia felice.

Pierluigi è divenuto uomo in fretta, anche se inconsapevolmente.
Con tutti i problemi che ha dovuto affrontare, a cominciare dal padrone di casa, che solo dopo tre mesi dalla morte della madre cominciò a mostrare segni di insofferenza, timoroso di perdere i suoi soldi, tanto che Pierluigi aveva dovuto chiedere un prestito al suo datore di lavoro per non perdere la casa.

Dopodiché il Milanese è divenuto più accomodante.

Ora, i senegalesi non ci sono più.
Ora, abitano la casa alcuni cinesi, che non si sa come, si moltiplicano ogni giorno, sempre di più.
Il numero esatto non si capisce sembrano tutti uguali.
Il tutto con il beneplacito del Milanese, che arruffa l'affitto in nero, e quindi diciamo chiude un occhio.

Pierluigi nel tempo, dopo lo strazio, ed il dolore, e l'indagine che è arrivata a perdersi in chissà quali meandri della giustizia, ha dovuto imparare molte cose.
Le ha dovute imparare prima di capirle veramente, ha dovuto imparare ad essere grande, nel vero senso della parola, ha dovuto imparare a dialogare e ad occuparsi di cose da grandi suo malgrado.
Ha dovuto imparare ad essere un uomo, con responsabilità, senso pratico, e senso del dovere.
Ha dovuto imparare anche le cose più banali, come gestire una casa, cucinare, fare la spesa, pagare le bollette, ad affrontare uffici pubblici, notai, banchieri ecc.

In tutto questo triste periodo, Pierluigi ha conosciuto anche il sesso, misto ad amore ma più che altro inteso come sfogo ormonale, giacché, l'amore, quello vero, Pierluigi ancora non lo ha conosciuto.

Con alcuni ragazzi della sala giochi, come capitava a quei tempi nei gruppi di giovani che si riunivano per delle bravate, una sera si erano ritrovati fuori paese, dove interminabili code di auto affiancavano due marciapiedi. In bella mostra vi erano delle africane, che vendevano i loro corpi per poche lire.

Anche in quell'occasione, Pierluigi non poté fare a meno di essere "quello strano".
In effetti, a lui non piaceva quel genere di cose, né era convinto di voler perdere la sua verginità con una prostituta, così, quando tocco a lui appartarsi in auto,

mentre gli amici aspettavano impazienti il loro turno, egli approfittò solo della “prestazione orale” della giovane e povera africana.
Non volle consumare del tutto il sesso che aveva pagato, facendosi giurare riservatezza e segretezza.
Non voleva che gli amici lo giudicassero male.
Ma purtroppo le dolci signore non sono molto inclini a mantenere le loro promesse, si sa, per cui quando tornarono verso il gruppo di amici la prostituta ad alta voce agli amici di Pierluigi urlò:

“Portatevi via questo ricchione”.

Gli amici, divertiti, increduli, scoppiarono in una risata, mentre Pierluigi sarebbe voluto sprofondare, ed al tempo stesso avrebbe voluto punire quella bastarda, traditrice e meretrice.

In seguito utilizzò spesso le videocassette del videoregistratore tv (che allora erano molto in voga) per conoscere il sesso, e le sue diciamo “sfaccettature”, ma, ancora non ha messo in pratica totalmente quanto visto ed appreso.

Aurora in tutto questo periodo è stata davvero preziosa per Pierluigi, e forse è stato anche grazie a lei ed a sua madre, Lia, che ha superato in parte questa triste vicenda.

Infatti, subito dopo l’accaduto, la moglie del Tenente Anzovino, rimasta vedova (il tenente era passato a miglior vita, accadde nel gennaio del 1983, come si dice la vita dà e toglie allo stesso tempo) assieme ad Aurora prese a cuore le sorti di Pierluigi, aiutandolo, a cominciare dalle cose più pratiche, nel cucinare, nelle faccende domestiche, gli organizzarono perfino le pulizie di casa, con la donna che lavora da loro già da quindici anni, facendola andare per una volta a settimana anche da Pierluigi.

Qualche altra volta fecero pure qualche regalo al povero Pierluigi, magliette sportive, scarpe, cappellini, insomma lo accolsero in famiglia o almeno in quella che restava.

A Natale poi, cercarono in tutti i modi di stargli vicino, faticando non poco per vincere le resistenze iniziali del ragazzo.
Lo invitarono ad ogni festività a casa loro, dove li raggiungeva spesso anche Chiara con lo Spagnolo assieme ai loro due gemelli maschi, avuti in quegli anni.

Pierluigi fu reticente soprattutto all'inizio, poi pian piano si ammorbidì, e trovò nella vedova Anzovino, ed Aurora, una sorta di madre putativa, ed una cugina più grande.

E si sa, i primi amori tra chi sono? Se non quasi sempre tra cugini?

Avvenne così, che in una sera di primavera, ormai ventiduenne, impiegato nella nuova ditta che gli dava qualche sicurezza economica in più e che aveva contribuito ad accrescere la sua fragile autostima, Aurora bussò alla porta di Pierluigi, per portargli, come spesso capitava, una fetta del tiramisù che la signora Lia preparava in abbondanza, sapendo che al ragazzo piaceva molto.

"Ciao Pierluigi, sono Aurora, apri, ho una bella sorpresa per te".

"Ciao, entra pure come va?"

"Bene, fa un po' caldo tu che dici?"

"Non c'è male grazie, sì, in effetti, oggi, sembra quasi estate, cosa mi ha preparato stavolta quella santa di tua madre???" disse, vedendo che Aurora aveva tra le mani due piatti uno sull'altro.

"Ti ha preparato un bel tirami …sùù… ahhaha".

Sorride, e scandisce bene le parole spezzando la parola "tiramisù" in "tirami" "su", facendo del doppio senso.

A questo punto, vi devo dire che Aurora, per un anno, un anno e mezzo, non aveva più stuzzicato Pierluigi, forse per rispetto del suo dolore, ma poi aveva ripreso a farlo insistentemente, e sistematicamente.

Pierluigi divertito dal suo modo di giocare:

"Ah, è sempre molto gentile, tua madre, cosa potrò fare mai per ringraziarvi? Ma vieni, entra! Cosa posso offrirti? Vuoi qualcosa di fresco?"

Lei entra e chiude la porta.

"Ma dai Pierluigi ancora con queste storie, lo sai che mia madre lo fa perché le fa piacere, e poi sai quanto si è affezionata a te. Ma vediamo, cosa vorresti offrirmi, vediamo un po'?"

Pierluigi di sottecchi non aveva potuto fare a meno di osservare Aurora con la malizia che solo gli uomini conoscono.

Aurora indossava un vestitino a fiorellini bianchi su un fondo verde acqua, corto fino all'altezza delle ginocchia, smanicato, con le ascelle ben depilate in evidenza, con dieci bottoncini sul davanti che stringevano a malapena i grossi e gonfi seni, che cercavano vie di fuga tra gli spazi vuoti.
Il girocollo merlettato bianco era abbastanza largo e scollato da far intravedere l'incavo che si creava tra i seni prosperosi.
Al piede, curatissimo, con smalto bianco latte in tinta ovviamente con le mani un paio di zoccoletti a fascia verde, con tacchetto trenta, perfettamente abbinati con il vestitino.

Aurora, anche per casa, amava abbinare i colori ed essere impeccabilmente sexy, e ben vestita.

Anche con il più semplice degli indumenti, trasmetteva sessualità, malizia, e soprattutto con quei modi gentili e provocanti al punto giusto, lasciava spesso gli uomini in balia di tempeste ormonali.

“Ho del succo d’ananas, vediamo dell’acqua minerale, una coca-cola! Ma fammi sentire, tu non ti sei affezionata?” dice mentre sbircia nel frigo mezzo vuoto.

Aurora colta un po’ di sorpresa ma divertita con un accenno di sorriso, vedendo quel frigo che piange miseria, ribatte, senza cedere il passo:

“Ah!! Dimenticavo il palestrato naturalista ahhaah, però strano hai una coca, ahahah… e lo sai che anch’io sono affezionata a te moltissimo, ma sai anche che io ti ho cresciuto… e tu, tu… sei troppo piccolo… altrimenti ahah.”

Nella mente di Pierluigi ritornano in un lampo, tutto quel turbinio di emozioni, che Aurora, gli aveva dato in tenera età.
Il giochino gli fa accelerare i battiti del cuore, oltre che far scoppiare il livello del suo testosterone più che mai.
In tutti quegli anni, il povero Pier aveva covato sempre, dentro di sé un indicibile desiderio, che però fino a quel pomeriggio aveva tenuto sempre represso dentro di sé.

Gli ritornano in mente quei rari momenti di felicità, che aveva provato nello spiare e nell'accarezzare il pensiero che potesse fare sesso con lei, e le tante volte che aveva soffocato il tutto, in un coito di piacere di notte nel suo letto, facendo attenzione che Katia non lo sentisse, immaginando e fantasticando sul corpo di Aurora. Immaginando le più disparate posizioni, immaginando le cose più perverse ed eccitanti, così, come aveva visto sulle riviste porno, e più avanti nelle videocassette.

"Hai ragione sono un palestrato fissato, e per questo dovresti fare attenzione potrei usarti come peso per i bicipiti ahhaah…. Poi, a proposito, aspetta un attimo, altrimenti cosa??…. Sono dieci anni che giochi con me AAAuuroraaa."

Pronuncia il nome Aurora con tutta la sensualità e la voglia sessuale che è in lui, ma senza tralasciare l'ironia.

Pierluigi parla tra l'altro con aria di sfida di chi ormai ha tutto sotto controllo.
In effetti dalla tragica notte, ed in tutti quegli anni, oltre che allenare il suo corpo, ha anche allenato la sua mente, cercando di dominare il cuore, sforzandosi di rimuovere tutto ciò che gli poteva dare emozioni incontrollate, e cercando di gestire i suoi stati d'animo ed i suoi sentimenti.
Ha imparato a non provare più nulla di tenero né pietà per nessuno.

Spesso in passato ha fantasticato sull'idea di intraprendere la carriera del serial killer, tanto è convinto e determinato ed impenetrabile a tutto ciò che gli accade intorno.
Tutto ciò che accade nel mondo per lui non ha più alcuna importanza; è come se vivesse nel suo di mondo, chiuso, sotto una campana di vetro.

Lei colta nuovamente di sorpresa per quelle parole inaspettate ma maliziosamente con un sorriso stampato in volto ribatte:

"Dai piccolino… vuoi che ti imbocchi io il tirami… su… altro che bicipiti ahhaah?"

E scoppia in una nuova risata… mentre gli si avvicina strofinando la mano destra sulla testa di Pierluigi scuotendogli i capelli.

Una confidenza che Aurora di tanto in tanto si prendeva. Un po' per gioco un po' per la solita provocazione.

Pierluigi rallenta i suoi movimenti ed accompagna piano la porta del frigo che si chiude, poi ripercorrendo lo stesso tono usato da Aurora:

"Stai attenta… che faccio un sol boccone di questo tirami su…!!"

“Mmm… ma perché sapresti anche farne tutto un boccone…?? “

Pierluigi esplode non controlla più il suo accecante desiderio sessuale.
Voglioso, le si avvicina a mo’ di sfida, le si piazza davanti, altero, inspira profondamente, allargando il suo torace e gonfiando i pettorali, assumendo una posa minacciosa, la osserva dalla testa ai piedi poi, le afferra entrambe gli avambracci e la sposta contro la parete divisoria della cucina.
Con un’altra mossa rapida e forte la fa roteare di novanta gradi, e la spinge vicino al tavolo.

Aurora, divertita, al tempo stesso incredula, convinta di poter uscire da quella situazione in qualsiasi momento, non reagisce, resta immobile sempre con aria di sfida, ed oppone poca resistenza.

In fondo, sembra proprio che Aurora non aspettasse altro.

Poi lo guarda dritto negli occhi, in attesa della prima mossa stringendo le labbra.

Pierluigi allora si rilassa e all’improvviso appoggia le sue labbra sul lato destro del collo di Aurora, che ha i capelli raccolti in una coda di cavallo.
Pier sente l’odore dei capelli morbidi e profumatissimi che gli inebriano tutti i sensi.

Velocemente di nuovo ritorna con la mente a quando aveva sentito per la prima volta quel fremito, ma poi di colpo ritorna alla realtà, imponendosi di non provare emozioni se non quelle fisiche.
Annusa, ed al tempo stesso passa la lingua sul collo di lei, arrivando fino al lobo.
Emana un odore fantastico, spettacolare.
Aurora, a questo punto è tutto un fremito, e comincia ad ondeggiare lenta come se il tocco della lingua le avesse provocato una leggera scossa di dodici volt che le attraversa tutto il corpo; lo sguardo non è più di sfida ma di chi ha voglia di essere presa selvaggiamente.
Probabilmente ama essere dominata, le viene la pelle d'oca e riesce solo a mormorare senza troppa convinzione:

"Pierluigi… piccolino… ma cosa fai?? "

Nelle sue parole, e nel suo tono, non c'è alcuna intenzione di farlo smettere.
Mentre lui si sposta dal lobo pian piano alle labbra.
Aurora è calda, caldissima ed ha le labbra morbide, molto umide, per Pierluigi, è un misto di sensazioni da immagazzinare, assorbire velocemente, ma da rinnegare, all'istante.
Non ha tempo né voglia, per pensare a cosa sta provando intimamente.
Così, voracemente, le affonda la lingua in bocca.
Aurora, apre leggermente le labbra, e comincia a roteare la lingua in senso antiorario, piegando un po' la testa al lato destro. Altrettanto fa Pierluigi, che segue il

ritmo di Aurora e la bacia incessante, poi passa di nuovo al collo ed al lobo destro.
Aurora è tutto un fremito, ormai il giochino è andato oltre, si è quasi arrivati ad un punto di non ritorno, improvvisamente è caduto il muro.
Afferra le spalle di Pierluigi, che è in preda a controllare un'erezione velocissima, stando attento a non esplodere in un orgasmo precoce per quanto è eccitato.
Quindi, perché ciò non accada, si scosta leggermente, in modo che i corpi non si tocchino più.
Poi, comincia ad accarezzare lento l'interno coscia di Aurora, che ha una pelle vellutata, liscia, come il marmo, ma calda, incredibilmente calda, quasi bollente.
Con tutte e due le mani le divarica le gambe, mentre Aurora, gli sbottona la camicia con voracità quasi in preda ad un istinto animalesco, ansima vogliosa, ormai è fuori controllo.
Pierluigi, afferra con la mano destra, il lato sinistro della parte anteriore delle mutandine di Aurora, infilando il braccio sotto il vestito, mentre lei si dimena, e gliela fa sfuggire di mano.
Pierluigi, allora, con un'altra mossa rapida e veloce, tira fuori il seno destro dal balconcino, e inizia a baciarlo ed a succhiare il capezzolo.
Solleva tutto l'abitino fino ai fianchi, lasciandole soltanto la pancia ed il seno sinistro coperto pressato nel reggiseno.
La bacia su tutte le parti scoperte superiori del corpo, intorno al collo, le orecchie, i lobi, le spalle.

Aurora è eccitatissima, è tutta bagnata, passa a vortice le mani nei capelli di Pierluigi, come a volerlo spingere giù. Pier, intende, e si abbassa, e comincia a baciarle le gambe, salendo dai polpacci, passando da dietro le ginocchia fino ad arrivare al punto delimitato dalle mutandine, che ovviamente è molto vicino alla vagina.
Nell'esplorare quel corpo perfetto e meraviglioso, alterna piccoli baci, morsetti, e lingua.
Ripete quest'operazione per sei sette volte cambiando gamba, ed interno coscia velocemente.
Aurora sembra impazzita, geme tutta di piacere e affonda le sue dita nella carne della schiena di Pierluigi.
Lui riafferra le mutandine e le scosta di lato, questa volta Aurora non si oppone, passa l'indice ed il medio per tutta la lunghezza delle labbra della vagina, lasciando il pollice sfiorare l'ano, come ad imitare il movimento di una chela di granchio nell'apertura e chiusura.
Anche la Vagina è perfetta, regolare, emana un buon odore, il clitoride poi, sembra disegnato e messo lì apposta per completare l'opera.
È quasi tutta depilata, ha soltanto un piccolo triangolino di peli sul pube, sono corti, quasi rasati, scendono ai lati delle labbra.
Ovviamente, anche nelle parti intime Aurora è curatissima, non sarebbe potuto essere altrimenti.
Pierluigi, allora poggia tutte e due i palmi delle mani all'interno delle cosce, con le dita della mano sinistra tiene spostati gli slip, osserva da molto vicino il sesso femminile di Aurora, così come aveva immaginato di fare tante volte.

L'annusa, e deciso, comincia a succhiare leggermente il clitoride di Aurora.
Il sapore di lei gli invade tutta la bocca lo fa eccitare tantissimo.

"Ha una vagina spettacolare, ed anche di ottimo sapore wow."

Pensa mentre assaggia.

Appena sfiora testa di quel piccolo pene atrofizzato, Aurora fa un sobbalzo inarcando la schiena e lanciando un grido di piacere. Lui capisce che sta facendo bene il suo lavoro, e continua a succhiarlo passandoci la lingua giusto al centro dove c'è uno spacchettino minuscolo.
Aurora è estasiata, dalla sua parte più intima comincia ad espellere ancora più liquido trasparente e un po' salato.
Pierluigi, così come ha visto fare nelle videocassette porno, inserisce pian piano il medio e l'anulare nella vagina, senza tralasciare i passaggi lenti e rotatori che con la sua lingua sta facendo sul clitoride, che ora si è fatto più turgido e duro.
Rotea e succhia mentre passa la lingua intorno ad esso, le dita vanno su e giù, e sfiorano all'interno quello che sembra essere una sfera.
Aurora ormai è persa è in un'altra dimensione, Pierluigi lo avverte.
Così comincia a ritmare secondo gli sbalzi di lei, le sue rotazioni con la lingua e il movimento delle sue dita.

Aumenta la velocità gradualmente fino a che Aurora non resiste più ed esplode in un orgasmo fantastico.
L'orgasmo provoca uno spruzzo caldo di poche goccioline che le fuoriesce dal clitoride e invade il viso di Pier.
Aurora, trema come una foglia, i suoi muscoli sono tesi, tutto il suo corpo vibra in tensione.
Si lascia andare in diversi grida di piacere, cercando di soffocarli, per paura di essere sentita.
Pierluigi è eccitatissimo, si asciuga il liquido sulla sua guancia, ed esibendosi ad Aurora succhia le dita che ha estratto dalla vagina infuocata di lei, facendo un sorriso compiaciuto quasi a schernirla.
Aurora ha sul volto disegnato un piacere indescrivibile, misterioso, oserei dire, come l'espressione della Gioconda di Leonardo Da Vinci, un sorriso che non è un sorriso, uno sguardo tenero e severo allo stesso tempo, indefinibile, indecifrabile.
Pierluigi, riprende le mutandine con la mano destra, le scosta, e con la mano sinistra appoggiata sul ventre di Aurora, la blocca sul tavolo.
Aurora ormai è sua.
Tira fuori dai jeans il suo turgido pene, mentre lei lo osserva sgranando gli occhi sorpresa dalle dimensioni.

Pierluigi la guarda e cercando di carpire i suoi pensieri, per la prima volta nella vita prova orgoglio, e con fierezza capisce che è lui che sta dominando Aurora, ma soprattutto è lui che gestisce le emozioni della vita non la vita le sue emozioni, e sfidandola, sarcastico le dice:

"Mmm... Come bibite non siamo messi male, ma ora passiamo al dolce..."

Mentre parla, affonda il suo grosso pene nella vagina. Aurora, ancora bagnatissima, eccitata all'estremo, comincia a dimenarsi di nuovo sul tavolo.
Pierluigi la tiene ferma per quanto può, con una mano.
Aurora alza le gambe e si spinge più su, per trovare una posizione più comoda.
Pier, le afferra entrambe le gambe, e poggia i polpacci di Aurora sui suoi avambracci, le osserva i piedi che sembrano scolpiti dal Bellini per quanto sono perfetti e terribilmente sexy.
Le bacia dolcemente la caviglia destra, mentre va giù forte avanti e indietro, affondando con precisione quasi chirurgica colpi incessanti e martellanti, con cadenza ritmica costante.
Aurora, nonostante sia calda e bagnatissima, si sente quasi spaccare ma è una sensazione troppo piacevole perché induca Pierluigi a fermarsi.
È un piacere intenso e violento, così come ama essere presa.
Godendo e gemendo, riesce a malapena a farfugliare con aria sconvolta:

"Non venirmi dentro mi raccomando".

Pierluigi gestisce il suo impeto animalesco, e con delicatezza, volteggia avanti e indietro come ha visto fare nei film, dando colpi profondi e costanti.

Sente un bruciore intenso e tutta una stretta intorno al suo turgido pene, ha una sensazione fantastica e celestiale, che gli inebria tutti i sensi.
Tutti i muscoli del corpo cominciano ad indurirsi, si sente sempre più potente, soprattutto vedendo Aurora che ad ogni colpo ansima e si dimena sul tavolo come un'anguilla fuori dall'acqua.

Geme emettendo suoni misti di piacere e dolore, Pierluigi le afferra con forza le caviglie, le tira più su le gambe, ed affonda uno, due, tre colpi e così via sempre più veloce.

Aurora ha un altro meraviglioso orgasmo, mettendosi la mano destra in bocca e mordendosi le dita per soffocare il suo grido di piacere, tutti i suoi muscoli si rilassano dando la sensazione a Pierluigi che il suo corpo ormai ha ceduto, si è arreso al volere di lui.

Pierluigi non l'ha mai vista coì dimessa e sottomessa, e questa cosa gli da sempre più forza, si trattiene dal provare un orgasmo, controlla benissimo le sue emozioni sessuali e mentali, e lento ricomincia a spingere, ancora e ancora, una, due, tre, e così via.

Aurora ha lo sguardo di chi compassionevole, chiede un attimo di respiro, come a dire: "O mio Dio ?? di nuovo?? subito??"

Ma appena Pierluigi si muove diventa uno sguardo di chi arde di passione.

Così, doma, e in stato di grazia, comincia di nuovo ad agitarsi, e lui ad aumentare il ritmo, andando ancora più veloce rispetto all'orgasmo provocatole pochi minuti prima.
Si sintonizza con il piacere di Aurora, ed addirittura riesce a controllarne il godimento, rallentando ed accelerando al ritmo degli spasmi di lei.
Aurora si agita di nuovo, ed emette gemiti di piacere, poi inebriata, e risucchiata dal vortice di passione in cui Pierluigi l'ha coinvolta, abbandona i suoi sensi, e lascia andare tutte le sue resistenze, le palpebre si agitano e sbattono velocemente, le palle degli occhi hanno una rotazione verso l'alto, come capita, pochi attimi prima, a chi sta per svenire.
Ed ancora una volta esplode e viene, in un nuovo e più lungo ed intenso orgasmo.
Pierluigi la osserva compiaciuto, altero, fiero, e con grande orgoglio e soddisfazione, tira fuori il suo pene dalla vagina di Aurora che ormai è inzuppata e gronda liquido dappertutto.
Il membro è tutto avvolto da una patina trasparente, calda ed appiccicosa.
Pierluigi lo afferra con la sua mano destra, lo punta sul corpo di lei, ed uno, due, tre colpi secchi, rapidi e veloci, poi strizza il glande con un gesto più prolungato, e schizza tutto il suo sperma sulla pancia di lei, facendo attenzione a non colpirle la vagina, riempiendole l'incavo ombelicale, seminandola di liquido intenso, e caldo, sul vestito, e sul corpo perfetto, inerme e nudo di Aurora..

Aurora è preda, vinta e rapita ormai, dal suo Uomo/bambino.

Lo osserva incredula, come se un raggio di luce accecante le avesse colpito il viso quando si esce da un luogo buio.
Impiega qualche secondo prima di realizzare cosa è accaduto, poi un timido sorriso, le si stampa sul viso, il suo viso tenero, dolce stavolta non mente è sinceramente compiaciuto.
Mano a mano, poi, il suo sguardo, diventa rigido, ecco che Aurora riassume il controllo di se stessa e della situazione, mentre Pierluigi con respiro affannato si solleva dal corpo di lei, sul quale si è adagiato per pochi secondi post coito.

Pier, si sposta di lato, e mentre si raddrizza, Lei non può far a meno di ammirare il corpo perfetto e scolpito di lui.

Aurora, è come se fino a quel momento non avesse avuto modo di percepire bene cosa stesse guardando.
Pierluigi è veramente muscoloso, perfetto, sembra un bronzo di Riace.
Gli addominali si muovono al respiro di lui, mostrando tutta la loro potenza, assieme a delle gocce di sudore che scendono in quelle fessure così regolari e precise.

Si alza e si accascia su una sedia lì accanto al tavolo, ed in silenzio osserva le mosse di Lui, che si appoggia sul tavolo a mo' di seduta.

Mentalmente sono come due giocatori di scacchi che si osservano in silenzio aspettando l'uno la mossa dell'altro, cercando di carpirne i pensieri.
Fisicamente sono come due sfidanti usciti da un'azione di rugby, che si guardano arcigni esalando respiri profondi ed affannati.

Pierluigi con un leggero accenno di sorriso, compiaciuto e soddisfatto, rompe gli indugi e dice:

"Che ne pensi… credi che possa fare un sol boccone del tiramisù?? Ahha."

Stavolta la parola "tiramisù", è intera e pronunciata regolare.

Lei appena ritornata sulla terra, accetta di stare al gioco:

"Beh… credo di sì… ma devi fare attenzione… forse potresti affogarti ahahahah."

Sorride e ora gli occhi sono come si dice a "cuoricino".
Poi, a sfidarlo aggiunge:

"E potrebbe farti male... tanta panna e caffè…"

"In verità? Non credo proprio, anzi, credo di averti imboccato veramente perbene."

E scoppiano in una risata contemporanea…

Per la prima volta, Pierluigi prova sollievo, inala nuova aria, è ancora un po' affannato ma esala respiri liberi e profondi.
Forse per la prima volta dai quei tragici eventi, Pierluigi respira a pieni polmoni aria pulita, ma più di tutto un aria di soddisfazione, di compiacimento per se stesso.

Aurora cerca di mostrare la sua freddezza, come a voler correre ai ripari, ma non può far a meno di lanciargli uno sguardo di approvazione, e di ammirazione, e dice:

"E ora come si fa ??..."

Come se fosse stato violato un patto, come se un vaso cinese di estrema importanza le fosse scivolato dalle mani, e si fosse frantumato…

"Credo proprio che non c'è nulla da fare Aurora, sono nove anni che aspettavo di darti una bella lezione…"

Pierluigi ride … ma poi

"Beh per me non c'è nessun problema se mi porti il tirami ...su… più spesso "

Sorride e riformula la parola, come la prima volta

"Mmm… sai, devo… dire che sei furbo".

Giocando un po' sulla difensiva:

“Forse magari dirò a mamma di cambiare dolce che dici…(fa una breve pausa)...mi sa che ora devo andare altrimenti mia madre si farà brutte idee, non mi sono mai trattenuta così al lungo”.

Ora ha l’atteggiamento, come a voler giustificare, ma non troppo, la sua permanenza, e come a dire che è tutto normale, che non ha fatto nulla di male… in fondo…

Forse proprio per l’educazione avuta dal padre militare, Aurora è sempre in obbligo di dover giustificare ogni sua mossa, ogni sua azione, ed incondizionatamente anche ora lo fa…
“Va bene, ma non lasciarmi digiuno a lungo sai sono molto goloso in questo periodo!!”

Pierluigi ormai sa che ha in pugno Aurora.

Aurora accosta le labbra al viso del suo “uomo/bambino”, gli bacia una guancia, cerca di sistemarsi il vestito, mentre lancia uno sguardo allo specchio del soggiornino, cercando di vedere se il suo aspetto desta sospetti, se è tutto in ordine, se è credibile, poi piano apre la porta e la richiude dietro di sé delicatamente, rivolgendo un ultimo sguardo, verso Pierluigi, facendogli l’occhiolino.

Pier, è appoggiato al tavolo, si sposta e ci si stende sopra, alza gli occhi verso il soffitto.

È soddisfatto, felice, forse per la prima volta nella sua vita ha avuto la piena consapevolezza di una situazione, poi si alza va verso il letto, ci si scaraventa sopra e cade in un sonno profondo.

4

Sono le 17:30 del pomeriggio di sabato 20 Aprile, 1991. Pierluigi ha 27 anni, quasi 28, Aurora 30 quasi 31.

Sono nella stanza di Pierluigi, distesi sul letto, hanno appena finito di avere un amplesso come sempre meraviglioso, focoso, eccezionale.
La loro intesa sessuale è ormai all'apice, si conoscono quasi alla perfezione, e riescono a concedere l'uno all'altro dei godimenti veramente appaganti.

Pierluigi indossa solo i boxer che da poco ha tirato su, è a torso nudo, accaldato, capelli sconvolti, gote rosse, braccia e gambe muscolose rilassate sul letto, cercando di recuperare le forze, osserva come sempre il soffitto, assorto, quasi assente.

Anche Aurora ha il viso rosso, gli occhi lucidi, battiti accelerati, si morde il labbro inferiore, si passa l'indice della mano destra sul suo ventre piatto, girando l'unghia intorno all'ombelico, mentre con la mano sinistra va su e giù sfiorando il braccio di Pierluigi, soddisfatta, innamorata, appagata.

In questi anni i due ragazzi si sono divertiti molto, si sono presi parecchie libertà, dentro e fuori dal letto, dentro e fuori casa.

Aurora si è laureata, e collabora con un importante studio di avvocati, lo studio Malasomma e C. avvocati riuniti.

Dapprima è stata impiegata con mansioni non proprio inerenti alle sue attitudini, diciamo che era un tutto fare, oggi invece ha una sua stanza ed ogni tanto oltre che lavorare per lo studio, riesce anche ad infilare qualche sua pratica nei pochi ritagli di tempo che non è assorbito, dal lavoro dallo studio e da Pierluigi, che è sempre desideroso di affetto e lamenta massime attenzioni.

Pierluigi, invece, da due anni, ha cambiato mansione, è salito di livello, gestisce una mini squadra di cinque operai sparsi in giro per le aziende a cui forniscono il servizio di manutenzione.
Egli ne è il responsabile, così non sta più fisso in officina ma gira continuamente ad affiancare ed a risolvere le questioni più spinose con i clienti più esigenti.
Inoltre, ha la mansione di coordinare e gestire i "ragazzi" come lui ama chiamarli, anche se qualcuno ha il doppio dei suoi anni.

L'attitudine al comando forse l'ha scoperta da quando ha cominciato la sua storia con Aurora, in effetti l'avvocato riesce a prevaricare quasi su tutti con il suo autoritarismo.
La sua leadership quasi sicuramente deriva anche dal suo aspetto, determinata, decisa, altera, e fiera, tranne

che con Pierluigi che ha saputo colpire in lei i suoi punti più nascosti ed i suoi punti deboli, ma forse anche perché Aurora dopo tante esperienze passate, qualcuna andata bene, altre andate male, in Pierluigi ha trovato "l'uomo/bambino" che la comprende ed al tempo stesso la domina.

Pierluigi con lei ha scoperto oltre che ai piaceri divini della carne, anche il piacere sadico di poter influire sul suo umore, di condizionarne le giornate, di farla soffrire, divertendosi, e sentendosi dominatore ed invincibile nei suoi confronti.

Questi aspetti della vita di Pierluigi, questa sicurezza, l'hanno reso più forte, ed ha scoperto anche di avere una vena abbastanza ironica nonostante la tragedia lo avesse segnato per sempre.

In effetti sul lavoro, con i colleghi, è abbastanza loquace ed ironico e spesso anche con i clienti è affabile e gentile, diciamo che ha acquisito piena coscienza di sé.

Pierluigi dopo il tragico evento si è imposto di avere un controllo su tutto e tutti.
Le sue emozioni sono molto controllate, mai più una lacrima ha solcato il suo viso, neanche quando in preda ad una crisi di sopportazione una volta Aurora l'ha lasciato, per poi ritornare da lui dopo circa venti giorni, sconfitta, dimessa ed affranta ma più innamorata di

prima, consapevole che Pierluigi per orgoglio sarebbe stato capace davvero di restare senza di lei per la vita.

Quell'orgoglio ostinato e crudele.
Pierluigi a volte ad Aurora sembra così impenetrabile così difficile da seguire, così difficile da sostenere.

Lia, la madre di Aurora, scoprì dopo pochi mesi la loro relazione, dapprima reagì un po'infastidita e frustrata per il fatto che i due ragazzi le avessero nascosto così bene la loro love story, poi si ammorbidì, e come tutte le persone sagge dai capelli bianchi, accolse con piacere il fatto che i due si frequentassero, ma più di ogni altra cosa, si sentì molto sollevata dal fatto che Aurora avesse trovato equilibrio e che avesse smesso di fare tardi la notte, in giro per locali, a condurre una vita frivola, appresso a capelloni poco affidabili.

La vita scorreva e tutto procedeva senza difficoltà.
Aurora intenta nel suo lavoro, Pierluigi tra lavoro, e palestra.
Andavano a cena, al cinema, si erano concessi spesso anche delle vacanze, week end brevi in giro per l'Italia, Venezia, Roma, Firenze, Milano, Arezzo, Perugia, Lecce, Matera, Palermo, poi anche in Europa, avevano visitato Madrid, Barcellona, Parigi, e Londra, altre volte viaggi più impegnativi come quella volta nel deserto del Sahara in giro per le piste Berbere, dormendo accampati in tende e spostandosi di oasi in oasi ammirando il fantastico universo e i suoi miliardi

di stelle, che solo dal deserto si può osservare veramente bene.

Scoprirono durante questi viaggi, culture, usi e costumi un po'stravaganti, divertenti, e diversi.

Ma più di ogni altra cosa che li teneva in fibrillazione era il viaggio che ancora dovevano affrontare, ma che avevano già prenotato per il mese di luglio a venire. Infatti avevano prenotato in agenzia un volo più hotel per New York di una settimana, più un'altra settimana ad Orlando in Florida.
Qui, volevano visitare Universal Studio, Magic Kingdom, Animal-Kindom, e tutti i parchi di divertimento che fossero riusciti a vedere.

C'era stata una collega di studio di Aurora con suo marito in viaggio di nozze.
Una coppia, con i quali spesso uscivano, e sentirli raccontare tutte le meraviglie che avevano visitato laggiù, aveva acceso in loro la curiosità e la voglia di andarci.

E fu così che arrivò la fatidica data della partenza, l'eccitazione sui loro volti questa volta era palese.

Lia come sempre li mise in guardia su tutti i pericoli che avrebbero potuto incontrare neanche stessero andando a caccia di coccodrilli nelle paludi dei dintorni di Darwin in Australia del nord, come se lei conoscesse già i luoghi che i ragazzi si apprestavano ad esplorare.

Diede loro un innumerevole quantità di consigli su cosa fare e non fare, su cosa mangiare e non mangiare, su come vestirsi, insomma fu come se Lia avesse vissuto sempre negli USA.

E non si capisce come e perché gli anziani di fronte ad un viaggio dei giovani diano sempre consigli e raccomandazioni come se loro per tutta la vita non avessero fatto altro che viaggiare.

Mi viene da ridere ancora di più, se penso che Lia aveva trascorso la sua luna di miele a Sorrento, e che da quel girono non aveva più lasciato Santa Maria al faro.

Si recarono a Capodichino, l'Aeroporto di Napoli, furono accompagnati da uno dei "ragazzi" di Pierluigi con il furgone della ditta, uno dei privilegi di essere il responsabile di una squadra.

Dopo un'attesa di tre ore con scalo a Fiumicino, presero il volo verso il JFK di New York.
La prima volta in America.
Un aereo molto più grande di quello che loro potessero immaginare, addirittura era a due piani,

Alloggiarono a Manhattan, nei pressi della settima strada, in un dei tanti hotel su Circular Square, e da lì partirono alla scoperta della grande mela.

Visitarono l'Empire State Building, Little Italy, China Town, il Central Park, la famosa quinta strada, il ponte di Brooklyn, la Statua della Libertà, insomma non si fecero mancare nulla, e come formiche impazzite girarono come trottole tutta la settimana, fino a sfiancarsi.

Da lì partirono poi per la Florida, dove ad attenderli trovarono un'aria assolutamente più calda ma soprattutto più umida ed appiccicosa quasi da farli svenire, mentre scendevano la scaletta dell'aereo.

Alloggiarono ad Orlando presso l'Hyatt Club e Residence.
Ebbero una camera davvero enorme, quasi più grande di tutta la casa di Pierluigi, in più avevano noleggiato un auto una Blazer 4x4 enorme con cambio automatico, per raggiungere i famosi parchi sparsi qua e là in Florida.

Visitarono gli Universal Studios, dove poterono scoprire quanto fossero avanti in America in fatto di cinema, in effetti, videro degli spezzoni di film in 3D accomodati su enormi bracci dove erano alloggiati i seggiolini che ondulavano e tremavano contemporaneamente alle scene del film.

Poi visitarono Magic Kindom, il parco acquatico, insomma, erano due ragazzini felici e spensierati, emozionati come al risveglio della mattina della befana, girarono Orlando e tutti i parchi di divertimento, passando una vacanza fantastica.

Sul volo di ritorno Pierluigi con il suo inglese maccheronico e scolaresco riuscì a dialogare con un uomo seduto al posto C dei tre sediolini A-B-C fila 26 che ebbero assegnati.

Pierluigi per galanteria ma anche per gelosia, fece accomodare Aurora vicino al finestrino quindi al posto A e lui preferì quello centrale, più scomodo, il B, pur di non far si che lei avesse il minimo contatto con estranei.

L'uomo disse di essere un giornalista americano che stava andando in Italia per scrivere un articolo sul Papa, almeno Pierluigi così capì.

L'uomo poteva avere all'incirca sui quaranta, quarantacinque anni, aveva una corporatura palestrata, anche se s'intravedeva una, leggera pancetta sotto la t-shirt, Tommy, di colore blu.
Indossava anche un jeans a zampa di elefante anche se in Italia non era proprio alla moda all'epoca, ed un paio di mocassini marroni. Era alto quasi metro e novanta, capelli castano scuri, molto corti quasi rasati, viso squadrato con mascelle sporgenti, occhi azzurri ed una leggera barba incolta forse dovuta più al viaggio che altro.
Il suo modo di fare era il tipico degli Americani, gioioso, affabile, disponibile al dialogo, anche se dai tratti somatici sembrava più un uomo rude e rigido, parlandogli Pierluigi, pur non sapendo come, scoprì che poi non era così male.

Seppe anche che quell'uomo era sposato con una donna più giovane di lui di circa otto anni che si chiamava Sandra. Che aveva due figli, un maschio quasi diciottenne, ed una femmina di quasi quindici.
Disse che lavorava presso il giornale da circa dodici anni e che non era la prima volta che visitava l'Italia.
C'era stato un paio di volte, sempre per lavoro.

Descrisse la sue precedenti visite pieno di entusiasmo, a volte esprimendosi in un italiano divertente e usando frasi fatte, altre parlando quasi correttamente e fluidamente.
Parlò del cibo italiano, della disponibilità della gente del sud, ma soprattutto descrisse i paesaggi e il clima che erano a suo modo di vedere la cosa più bella dell'Italia e che amava di più.

L'uomo era molto loquace e Pierluigi ed Aurora riuscirono a capire quasi tutto, ed addirittura Bob, così si chiamava il giornalista, disse che gli avrebbe fatto veramente piacere visitare la Campania dopo aver sistemato la faccenda del Papa a Roma.
Infatti, si dimostrò sorpreso ma contento che Pierluigi ed Aurora lo invitassero a Napoli.
Almeno per fargli mangiare una buona pizza, dissero, dopo aver constatato, durante la loro vacanza, quello che gli americani mangiavano.

Il viaggio del ritorno sembrò durare di meno, forse proprio per la conversazione con l'americano; quindi arrivati a Roma si scambiarono le informazioni per incontrarsi nuovamente, e il tizio estrasse da una delle sue tasche il suo Bigliettino da visita:

Mr. Bob Mec Duan
Reporter
Number phone 01 72343567
Fax 01 72343561

Pierluigi si rammaricò di non averne uno dei suoi, con sé. Allora Bob si appuntò il numero di telefono di Pierluigi dietro un suo stesso biglietto da visita, e se lo infilò nelle tasche.

Giunti al ritiro dei bagagli Bob prese la sua valigia, li salutò affettuosamente, e si mischiò alla folla che abbandonava l'aeroporto Leonardo Da Vinci di Roma Fiumicino, mentre Pierluigi ed Aurora, divertiti da quell'incontro, si recarono presso il gate per l'imbarco del loro volo di collegamento per Napoli.

Passarono sei giorni e verso le 18:30 del venerdì del 19 Luglio 1991, squillò il telefono di casa di Pierluigi :

"Hei Pierluigi, sono Bob do you remember???"

"Bob certo come stai? Come va?"

"Well, very well thank you, bene, bene grazie."

Cercando di parlare Italiano:

“Dove sei Bob?”

“Sono alla stazione di Santa Maria al faro, sono arrivato da teen minutes, dieci minuti capito?”

“Caspita sei alla stazione di Santa Maria?
Bob, e come sei arrivato?”

“With train, con treno capito?”

“Ahh!! sì, sì, Bob allora aspetta là non ti muovere io prendo l’auto e vengo a prendere te capito? With car you understands??”

“Oh yes, yes, ok io aspettare te, qua ora ok???”

“Ok, Bob, sto arrivando non muoverti”

Pierluigi colto di sorpresa per il mancato preavviso di Bob, cerca qualcosa da indossare, ha appena finito di farsi la doccia, ed tornato da circa quindici minuti dalla palestra.

Si veste, corre di sopra da Aurora, bussa forte alla porta, quasi da spaventarla, e dice:

“Bob sta qua è arrivato dieci minuti fa, sta alla stazione, lo sto andando a prendere.”

Aurora è colta di sorpresa:

“Embe’ non ha avvisato prima com’è che sta qua?”

“Auro’ non lo so, mi ha telefonato. Che facevo lo lasciavo alla stazione? lo vado a prendere e torno, ok, parliamo dopo”.
“Va bene dai, ok. E mo’ stasera dove lo portiamo?”

Interviene Lia:

“Ragazzi, posso preparare qualcosa da mangiare anche per lui che problema c’è?”

Cercando di mantenere la calma come se la cosa avesse sconvolto chissà quali piani di Aurora e Pierluigi creando in loro un moto di agitazione.

Pier allora disse:

“Vabbe’ Auro’ facciamo così, lo vado a prendere, poi andiamo a Napoli, a mangiare una pizza, del pesce insomma qualcosa, che ne so, ok?”

Aurora con una mezza smorfia di approvazione:

“Va bene allora io mi vado a preparare, mi doccio e mi vesto, così poi usciamo”.

“Vabbè vado, ciao.”

“Ciao.”

e Lia:

"Statt accort…"

Manco dovesse andare a scalare l'Everest…

Pierluigi arriva alla stazione di Santa Maria al faro, un edificio bianco con un parcheggio antistante con una corsia per gli autobus e una ventina di posti auto, la strada è stata asfaltata da poco.

"Menomale"

pensa Pierluigi come se fosse in soggezione e come se anche l'asfalto delle strade del suo paese, dipendessero da lui..

"Hei Bob."

Pierluigi appena lo vede alzando il braccio fuori dal finestrino restando seduto in macchina.

"Hei Pierluigi come stai? All ok?"

"Yes, yes Bob all ok?" disse cercando di adeguarsi al suo linguaggio, scendendo dall'auto ed aprendo la portiera posteriore per far caricare la valigia di Bob, che con la mano destra gli dà una pacca sulle spalle.

"Sai", dice Bob "ho l'aereo domenica sera spero che non ti disturbare??"

Cerca di parlare italiano; Pierluigi è divertito e riesce a rilassarsi un po'.

"Bob ma che dici??? Quale disturbare, dai sali, andiamo a prendere Aurora e poi a mangiare una pizza"
"Ok, ok very good my friend, I love pizza napolitana"

e mentre salta in macchina, aggiunge:

"Pierluigi ma stasera non possiamo uscire io e te, soli?

Lascia un po' sorpreso e disorientato Pierluigi con quella bizzarra richiesta, che accigliato risponde:

"Mmm, vabbe', Bob ora andiamo a casa, posiamo il tuo bagaglio, e poi ci organizziamo, ok?"

Mentre dice queste parole, cerca di elaborare già come giustificare ad Aurora l'eventuale uscita da solo con Bob ma soprattutto cerca di capire perché Bob ha avanzato quella richiesta, "strana" e rimane sul vago, poi pensa… ma mica sarà gay??

Bob allora, osservando l'espressione perplessa di Pierluigi dice:

"Pierluigi io ho riservato una camera all'hotel baby, per due notti, oggi e tomorrow, e domenica i will come back ok? Io non voglio disturbare".

“Bob ma che dici quale disturbare, ma perché non mi hai chiamato prima, io ti procuravo una sistemazione migliore, all’hotel Baby ci vanno solo le coppiette.”

“Le coppiette?? What’s coppiette?” esclama Bob.

E Pierluigi, sorridendo:

“Bob, hai ragione, hahah come si dice, all’hotel baby ci vanno solo i fidanzati, gli innamorati, people in love, do you understands??”

e Bob:
“Aaahhh” e
scoppia in una risata.

“Oh yes, yes, ma io vado alone... come si dice, solo, not in love, ahhaha”
e continua a ridere… sgomberando il campo dai cattivi pensieri che si erano insinuati in Pier.

Allora Pierluigi inverte il senso di Marcia e si reca verso l’hotel Baby.
Giunti, scendono dall’auto e mentre entrano un anziano con una pancia enorme seduto dietro il banco della reception, vedendoli, si acciglia incuriosito, e con aria interrogativa si gratta la fronte…

Pierluigi comprende l’imbarazzo, e leggendo i pensieri sull’espressione del volto dell’uomo rompe subito gli indugi.

"Buonasera, questo è mr. Bob, un mio AMICO americano, che deve dormire qua, ha una camera prenotata giusto???"

L'uomo recupera il respiro dopo averlo trattenuto per qualche secondo vedendo le due sagome maschili avvicinarsi al banco, fantasticando su chissà quale amore ci fosse tra i due.

"Ah certo, certo," esclama," mi dà un documento?"

E Pierluigi verso Bob:

"Bob il passaporto. Passaport", ripete.

"Ah ok, ok please."

Bob estrae il passaporto e lo porge all'uomo che dopo un'occhiata fugace dice:

"Ok, compili le generalità qui"

Gli porge un foglio di carta con un elenco dove segnare, nome, cognome, etc. etc.
Poi si volta verso la rastrelliera numerata di legno mogano scuro, dove sono ubicate le chiavi delle camere, con appesi a mo' di portachiavi, dei pon - pon rossi di plastica, fatti di fili di gomma, con un quadratino sul quale vi è segnato il numero.

Prende la numero diciotto e si rivolge a Bob:

“Mister, la chiave, terzo piano a destra”.

Risoluto riprende il foglio su cui Bob ha riposto la firma, restituisce il passaporto, e svogliato con aria di chi ha sostenuto chissà quale mole enorme e faticosa di lavoro, si rimette sullo sgabello, sbuffando.

Pierluigi allora si rivolge a Bob:

“Bob va bene per te verso le otto, twenty?”

“Ok, ok, ci vediamo alle otto, io e te soli ok??!!”

Si salutano velocemente, Bob prende l’ascensore, mentre Pierluigi lascia l’hotel, prende l’auto, e va a casa.

Rimugina, su come dire ad Aurora che lei non è invitata, o meglio, che Bob ha chiesto a lui di uscire da soli.

Sale a casa di Lia ed Aurora, ed ha una strana nota d’incertezza nella voce, che Aurora non può far ameno di notare, mentre le dice:

“Sai, forse usciamo solo io e Bob”.

La osserva bene per capire la sua reazione.

In effetti Pierluigi ha imparato molto bene ad osservare le persone e spesso a capire i loro stati d’animo dai loro

gesti e dai loro comportamenti prima che dalle loro parole.
L'ha imparato un po' per necessità per via del suo lavoro, ed un po' perché gli viene naturale, essendosi imposto di tenere tutto e tutti sotto controllo..

Aurora un po' spiazzata con aria contrariata:
"Come mai, è successo qualcosa???"

Fa una breve pausa, poi riprende:

"Ma sono quasi pronta!"

Alludendo al fatto che forse Pierluigi avesse premura aggiunge:

"Ma Bob dove sta???"

Pierluigi è sulla difensiva:

"No, mmm, Bob ha preso una camera all'hotel Baby sta fino a domenica, due notti".

Aurora aggrottando la fronte e scurendosi in viso dice:

"Ho capito, e mo' lo hai lasciato la?"

E aggiunge velocemente:

"Allora perché non posso venire? Sono quasi pronta dammi solo cinque minuti".

Nel suo tono c'è un'aria interrogativa ma anche una nota di supplica.

Pierluigi, arrampicandosi sugli specchi e non avendo ancora idea del perché di quella stramba richiesta di Bob parla con tono quasi sommesso, cercando di trovare le parole giuste dice:

"Mmm, vedi Aurò, lo vado a prendere alle otto, ma sai com'è, quello, magari si imbarazza, che siamo tutti e tre, magariiii, sai, si sente di più, che ne so?"

Aurora, ancora più infastidita:

"Mmm!!! Sinceramente, non capisco mo' questo all'improvviso si presenta qua, senza neanche avvisare prima, e di venerdì sera io mi devo stare a casa??
Ma non esiste proprio, io vengo con voi!"

È decisa, ma non del tutto convinta conoscendo il carattere e la fermezza di Pierluigi.
È consapevole che tra i due lei è la sottomessa e quindi quella che di solito cede.

"Aurò mo' dobbiamo fare polemica, io lo vado a prendere, lo porto a fare un giro per Napoli, andiamo a mangiare una pizza, e poi torniamo".

Aurora è furiosa.

"E io che faccio???

Mi guardo la televisione???
Mo' sai che faccio, chiamo Raffaella ed esco con lei??"

Lo dice sapendo che a Pierluigi non fa piacere che esca con Raffaella che non è fidanzata ed è sempre in cerca di uomini, oltre ad avere spesso un atteggiamento troppo da gatta morta.

Pierluigi allora frustrato risponde:

"Vabbè ho capito Aurò, vieni pure tu, ma sappi che mi sto stancando".

Interviene Lia per cercare di calmare le acque, mentre viene dalla cucina.

"Dai ragazzi non litigate, ma che è successo?"

Allora Aurora comprendendo che la situazione sta per degenerare, dice:

"Vabbe', Pié, esci tu solo, ma sappi che non mi fa piacere e poi domani è sabato, e io a casa non mi sto!!!"

Dicendo quella frase è ovvio che ha abbandonato il campo di battaglia perché la serata è andata; accondiscende al volere di Pierluigi, ma nello stesso tempo sgombera ogni dubbio per la sera a venire, senza se e senza ma.

Volta il capo stizzita.

Entra nella sua camera, lasciando Pierluigi impalato, nel salone, con Lia che osserva dispiaciuta.

Lia allora fa una smorfia col viso come se volesse dire a Pierluigi "ok dai poi le passa, vai fai quello che devi fare, e torna presto…"

Pierluigi allora educatamente saluta Lia, ed esce.

È giù a casa sua, ed aspetta che si facciano le otto meno un quarto, per poi uscire ed andare a prendere Bob.

Arriva puntuale; Bob è già di sotto che osserva tutt'intorno le case e le strade attigue all'hotel, vede Pierluigi gli fa un cenno e salta in auto.

Pierluigi si sforza di essere normale dopo il litigio avuto con Aurora a causa di questo sconosciuto piombato così all'improvviso, che per di più fa richieste strane.

"Bob tutto ok?"

"Sì, sì, tutto ok, la room is good, no problem".

"Ok, ok, sono contento, allora Bob ora andiamo a Napoli tra dieci quindici minuti siamo là"

Fanno un giro per la ferrovia, piazza municipio, il Maschio Angioino, poi la galleria Principe Umberto e piazza del Plebiscito.

Pierluigi sembra un cicerone, cerca di spiegare e raccontare un po' di storia della sua terra, indicando dalla macchina, qua e là, ora una chiesa, ora un monumento, ora una fontana.

Bob sembra divertito, ed al tempo stesso interessato, in alcuni frangenti, però sembra essere assorto, distratto dai suoi pensieri.
Pierluigi che, come detto, è un ottimo osservatore, nota i suoi momenti di assenza, e controllando una flebile ansia che affiora, rompe gli indugi, e diretto verso Bob, dice:

"Bob tutto ok? Vuoi mangiare una pizza? Un po' di pesce buono? Ti vedo pensieroso, what do you think Bob?"

E l'americano, sicuro:

"Well, very well, Pierluigi thank you, I like pizza, se ricordo bene qua c'è una famous pizzeria, very important".

"Sì ce ne sono un paio, c'è Sorbillo, C'è Michele",

Bob lo interrompe:

"Oh yes, yes, Michele I remember".

"Veramente Bob" dice Pierluigi "ti ricordi??? Ma perché, quanto tempo fa ci sei stato?"

“Maybe, un teen years ago.”

“Ahhahah, dieci anni, come l’hai detto mi pareva in settimana?” lo interrompe Pierluigi.

Bob annuisce.

Pierluigi come vi ho detto in precedenza ha imparato a gestire e tenere sotto controllo le sue emozioni, ma soprattutto a scrutare le persone, cercando di leggere quello che uno psicologo chiamerebbe linguaggio del corpo, solo che Pierluigi lo fa spontaneamente.
Si è creato questa invisibile corazza, dalla quale osserva, scruta, ascolta, assimila, ed elabora le sue analisi, ma lo fa quasi automaticamente.

Arrivano alla pizzeria, per l’enorme massa di gente che c'è fuori aspettano prima di ricevere indicazioni su dove accomodarsi.

All’incirca dopo quindici, venti minuti, ricevono il loro posto. Siedono, fianco a fianco, con una coppia di sconosciuti; sembra dall’accento che provengano dalla Spagna.

Condividono con loro lo stesso tavolo, ma ognuno sul suo bel pezzo di tovagliolo di carta enorme che delimita lo spazio a disposizione di ogni commensale.

Vengono fatti accomodare uno di fronte all’altro.

Durante la cena, e il tempo trascorso assieme, la conversazione è frivola, non impegnativa, e più che altro verte sempre su argomenti di cultura generale. Disquisiscono sul cibo, sulla cucina italiana, poi sull'arte di Napoli, sui suoi capolavori di chiese, monumenti, e statue, che sono anche nel quartiere dove si trovano adesso.
Pierluigi elenca quasi tutte le bellezze racchiuse tra quei palazzi storici, i chiostri che li circondano, e ricorda che lì vicino a pochi passi da loro c'è il famoso "Cristo Velato", custodito nella Cappella San Severo, e che addirittura non tutti i napoletani lo hanno visto, ignorando addirittura la sua esistenza, evidenziando come alcuni capolavori della sua terra non vengano valorizzati con la giusta enfasi.
Poi parlano di come si svolge la vita in America a differenza dall'Italia, ed anche il divario enorme, tra la meritocrazia che c'è nel mondo del lavoro americano e quello italiano.

Bob in verità cerca di spiegare a Pier che anche in America ci sono problemi, solo che da loro c'è più offerta di lavoro, per cui le persone se vengono licenziate, non hanno problemi a trovarne un altro.

Sono passate due ore circa, sono quasi le ventitré.
Lasciano la pizzeria, e Bob chiede a Pierluigi se può portarlo su in collina da dove, ricorda, si vede il panorama.

Pierluigi, anche se non si spiega il perché, avverte dentro di sé un senso di riverenza, per cui ovviamente non si sottrae alla richiesta.
Presa la macchina, si recano sulla collina di Posillipo.

Si fermano in via Pacuvio, da dove, Pierluigi spiega a Bob, si può osservare il panorama più tranquillamente e senza tutti i turisti accalcati a fare le foto.
In effetti da quella strada il panorama è mozzafiato, e di turisti neanche l'ombra; è una strada secondaria che Pierluigi conosce perché una sera girando per Napoli con Aurora, per evitare il traffico che c'era, si era avventurato nelle traverse secondarie di Posillipo e aveva scoperto proprio quella scorciatoia.

Bob, incantato ed estasiato da quel panorama mozzafiato, resta in silenzio esalando respiri, lunghi e profondi, ma regolari.

Pierluigi di sottecchi lo osserva, in silenzio, e come se guardasse per la prima volta quel golfo, rimane anch'egli incantato.

Sotto di loro la stazione dei treni di Mergellina, le luci della via Caracciolo e della riviera di Chiaia, assieme ad altre luci rosso fuoco che si perdono in lontananza formando dei puntini che brillano, e che ondeggiano nel buio.
Sulla sinistra, in alto sul Vomero, il castello di San Martino sovrasta tutta la città che si distende verso il mare calmo, nero, liscio come un lago; un mare che

riflette i raggi della luna piena che si affaccia alle spalle del Vesuvio, maestoso osservatore da lontano del turbinio frenetico e strepitoso di circa due milioni di persone che tutt'attorno ad esso, incuranti del pericolo, quasi a sfidare il fato, vi si sono adagiati.
Hanno costruito le loro case fino sulle sue fiancate, quasi a volerlo tenere calmo, avvolgendolo come in un abbraccio, implorandolo di stare tranquillo.

I suoni ed i rumori delle auto della città che provengono dal basso sono attutiti dalla distanza, quasi ovattati.
Volgendo lo sguardo un po' più a destra, si vedono i mega yacht, che distesi al molo beverello, con le luci accese flebili, giacciono a mostrar tutto il loro splendore, e la sfacciata e sfrontata ricchezza di chi li possiede.

Bob è incantato, assorto, perso, attonito, basito.

Pierluigi subisce lo stesso effetto quasi per trasporto.

In effetti il golfo di Napoli, anche se lo hai visto cento, mille volte, sortisce sempre lo stesso effetto.
Ti rapisce, ti ruba il respiro, ti riempie tutto il campo visivo, togliendo ogni possibilità di pensare ad altro, se non al suo splendore.
Dietro al Vesuvio si estende la costiera amalfitana fino a chiudere con Punta Campanella e il capo di Sorrento, di fronte al quale giace distesa l'isola di Capri a raffigurare il volto di una donna che osserva le stelle, con i capelli al vento.

Capri, l’isola dei nobili, l’isola del lusso e del glamour, l’isola del gossip e dei ricchi, l’isola delle feste mondane, l'isola di Hotel da cinque milioni di lire a notte.
L’isola della famosa piazzetta, e dei faraglioni.
L’sola, per molti napoletani, irraggiungibile.

Mentre i due, rapiti e persi, in silenzio, contemplano quella meraviglia della natura, con gli occhi lucidi Bob si gira verso Pierluigi:

“Pierluigi, beautiful, com’è bella Napoli”.

“Sì Bob è veramente bella, soprattutto da qui”

E con un velo di tristezza negli occhi, quasi con rammarico stringendo le labbra Pierluigi mormora quelle parole, ha una punta di dolore che gli attraversa il corpo, e aggiunge:

“È bellissima da qui, ma poi quando scendi giù è un’altra cosa”.

In effetti, Pierluigi ha sempre osannato ed amato Napoli, ma ha sempre avvertito in lui una voglia sfrenata di fuggire via, ha sempre sostenuto che Napoli è la città più bella del Mondo, ma da osservare dall’alto, per viverci bisogna nascerci, e per sopportarla si deve amarla. È un po’ come una donna che ti tradisce continuamente, e tu consapevole, la perdoni e non la riesci a lasciare, stretto e prigioniero in un amore vorticoso e viscerale, nel quale sei rinchiuso e non puoi farne a meno.

Pierluigi, mentre parla, non può non notare un velo di tristezza che affiora negli occhi di Bob.

Mentre riflette su quei pensieri, malinconico, in quel breve ma intenso intervallo, Bob gli dice:

“Sai Pierluigi, il nostro incontro sull’aereo non è stato casuale”.

Pierluigi corruccia la fronte, deglutisce quel po’ di saliva che gli è rimasta e acuendo lo sguardo come un falco in cerca della preda risponde:

“Cosa vuoi dire Bob???”

“Sai Pierluigi, io in realtà non sono qui per lavoro e per il Papa”.

Parla veloce Bob, e il suo italiano sembra improvvisamente migliorato.

“Non capisco Bob spiegati meglio.”

“Vedi Pierluigi, non so veramente, da dove cominciare, non è facile per me”.

Sembra che ora Bob voglia prendere le redini del gioco e con delle espressioni tra il severo, l'addolorato ma risoluto continua.

"Vedi Pierluigi, io ho, anzi avevo, un fratello, di nome Peter, era nell'esercito, poi entrò a far parte della Cia, tu sai cos'è la CIA vero?"

Pierluigi è sorpreso, colmo di collera e rabbia, incuriosito all'inverosimile e non riesce a capire.

In cuor suo però si sente gratificato e sollevato, quasi sta avendo la conferma di quello che fino a quel momento ha pensato, e temuto.
Cioè che i comportamenti di Bob erano stati davvero strani.
La visita improvvisa, il fatto che gli avesse chiesto di uscire da soli, la troppa familiarità, ed affabilità nei suoi gesti, insomma tutte cose che avevano acceso un campanello d'allarme nel troppo scaltro Pierluigi.

"Si certo che so cos'è la Cia, ma fammi capire cosa c'entra questo??"

"Vedi Pierluigi, mio fratello Peter, è morto due anni fa, durante una missione in Iraq.
Mio fratello Peter aveva quarantotto anni, era nell'esercito da ventisette, ed ha lavorato e vissuto, quando era nel corpo dei Marines, anche a Napoli, era nella NATO di Bagnoli, qui nella tua città".

Pierluigi sembra colpito, incredulo, cerca di ricostruire velocemente un puzzle che pian piano prende forma, ma troppi pezzi ancora non sono incastrati per poter avere un quadro totale.

“E quindi?”

Bob continua sempre veloce:

“Mio fratello ha lasciato un figlio di quattordici anni di nome Sean, che vive con la madre a New York, mio nipote, che ora passa dei brutti momenti ed è in pericolo di vita.
Pierluigi, io e Peter spesso abbiamo parlato anche di te”.

Mentre lo dice, stringe le labbra e abbassa lo sguardo a terra, come un cucciolo di cane abbassa la testa di fronte agli ordini urlanti e mortificanti del suo padrone.

Pierluigi respirando a lungo, come se con quel gesto potesse assimilare più velocemente le informazioni ricevute, chiede:

“Non capisco Bob potresti essere più chiaro, e spiegarmi bene, ma bene, tutto???”

Bob risolleva gli occhi e punta dritto in faccia Pierluigi.

“Quando Peter ha vissuto a Napoli ha conosciuto una bellissima ragazza.

Si è innamorato perdutamente, era molto felice, spensierato con lei.
Il nome di questa ragazza era Katia".

Bob fa una pausa, osservando Pierluigi e lasciandogli il tempo di assorbire l'urto tremendo, ma poi comprendendo che deve assolutamente travolgere Pierluigi senza lasciargli spazi vuoti dove poter far insinuare cattivi pensieri, continua:

"Peter come avrai capito era tuo padre, e posso dirti che ha amato tua madre come non mai, fin quando ne ha avuta la possibilità.
Poi un giorno Katia, tua mamma, è rimasta incinta, ed allora tutto si è complicato.
Peter, prima di venire in Italia, si era già sposato in America, con Virginia, l'unica moglie e madre di Billy, il figlio di quattordici anni.

Virginia è figlia del generale Antony Gate, generale dei Marines Americani.

Quando il generale seppe della storia di Peter e tua madre, e soprattutto che Katia era rimasta incita, fece il diavolo a quattro.

Fece trasferire Peter in America, con effetto immediato, e pretese che non avesse più nessun rapporto con tua madre.

Minacciò Peter, di farlo radiare dal corpo dei marines, e fece molte pressioni con un senatore suo amico, perché lo facesse accedere nei corpi speciali, e quindi nella CIA.

Nella CIA, un altro generale sempre amico di Gate, gli riferiva tutti i movimenti e gli spostamenti di Peter.

Peter, molto spesso, mi ha parlato di Katia e del dolore che ha dovuto sopportare nell'abbandonarla.
Del dolore provato per soffocare il suo grande amore.
Abbiamo fantasticato molto su come poteva essere il tuo aspetto, abbiamo ipotizzato spesso su come sarebbe stata la vita di Peter, senza il generale Gate.

Poi come potrai comprendere, il tempo ha fatto si che mio fratello, se ne facesse una ragione e imparasse ad amare Virginia, che, ironia della sorte, per sei lunghi anni non è rimasta incinta, nonostante i tanti tentativi.
Poi finalmente è arrivato Billy.
Peter ha sempre, a distanza di sicurezza dal generale Gate, chiesto, indagato e recuperato informazioni su te e tua madre, fino a farmi vedere un giorno una tua foto; non chiedermi come l'ha avuta, posso solo immaginarlo.
Ma l'ha dovuto fare con discrezione, sempre facendo la massima attenzione per non essere scoperto.
Un giorno poi, Peter è venuto da me distrutto, affranto, ci sono voluti tre giorni, prima che smettesse di piangere e disperarsi.

Aveva avuto la notizia che Katia, cioè tua madre era morta, era stata assassinata".
Mentre dice queste ultime parole sospira, e rallenta il ritmo.

Poi, finalmente, arresta la sua lingua.

Pierluigi è in piedi, fermo, quasi paralizzato, si è capovolta la scena, il golfo, la luna, il mare nero, Capri, la costiera, gli yacth, il Vesuvio, i suoni, i palazzi, le luci in lontananza, ora sono tutti rivolti verso Pierluigi, non è lui a guardare estasiato loro, sono loro che osservano estasiati Pierluigi, il tempo è sospeso, come si fosse fermato.

"È tutto il contrario di tutto" pensò per un istante Pierluigi, stringendo a morsa le mascelle.

Nessuno mai gli aveva parlato della madre, e soprattutto del suo passato in modo così diretto, da quando era accaduta la tragedia.

Pierluigi è sconvolto, i suoi occhi guardano ma non vedono, le sue orecchie ascoltano ma non sentono, le sue mani strette a mo' di pugno sono fredde, il suo respiro cresce come il vortice di emozioni che gli si aggroviglia dentro.
Una scossa, come una lama, per l'ennesima volta gli trafigge il corpo.
Alle tempie sente una stretta, i muscoli enormi delle sue gambe s'irrigidiscono diventano come di marmo, si

sente come se stesse in una sauna, legato, senza possibilità di liberarsi, con l'aria d'improvviso divenuta irrespirabile.
Per quanto si sforzi di cercarla fresca e rinvigorente, non la trova, è opprimente, soffocante.
Nel contempo sente una morsa al cuore, e un pugno allo stomaco.
La pizza che ha mangiato si è disciolta, è sparita; ingoia e manda giù saliva e dolore, dolore, e saliva, saliva e dolore.
Chiude le palpebre, per due, tre secondi che sembrano interminabili.
Con quel gesto è come se volesse assimilare, ordinare, inquadrare, mettere a fuoco, e ricomporre quel puzzle.
Quello della sua vita.

Cerca di non farsi sopraffare, da tutto quello che sta provando, dal turbinio di emozioni che si susseguono nella sua mente, nel suo cuore, dal suo stomaco.

È pallido, si sente indifeso, nudo, per la prima volta dopo la morte di Katia, dopo la morte della madre, Pierluigi non ha più il controllo.

Esala un nuovo respiro, mille e mille interrogativi e domande all'improvviso affollano la sua mente, si porta l'indice della mano destra alla bocca, lo morde di lato, come se in quel gesto potesse ritrovare un po' di forza e di respiro per parlare, volta il capo verso sinistra, dove Bob è appoggiato alla ringhiera della strada, ha gli occhi lucidi pronti ad esplodere lacrime.

Dice con voce tremante, che riesce a sentire ma non ascoltare, come se a parlare fosse una terza persona e non lui, senza avere la forza di guardare Bob in faccia, soltanto scuotendo il capo come a dire no:

"Bob ma cosa stai dicendo?
Che e… e ... Cioè, …io e te siamo parenti?
Cioè... e.e.e tuo fratello è mio padre?"

Bob, con lo sguardo basso, occhi lucidi, e voce sommessa, quasi a scusarsi per una colpa non sua, risponde:

"In verità Pierluigi, sì, tuo padre ERA… mio fratello"

Mentre lo dice, rafforza il verbo al passato ed esala un respiro di compassione.

Pierluigi allora fa un respiro profondo, e stringendo gli addominali implode dentro, ma sa che deve mantenere la calma:

"Bob tu vieni qua all'improvviso nella mia vita, e mi vieni a parlare di un padre che non ho mai conosciuto, della sua vita di cui non so un cazzo, che non ha potuto sposare mia madre perché un certo Generale del cazzo, glielo ha imposto, e lo ha minacciato di farlo radiare, che ha un figlio, che sarebbe un mio fratellastro, e che per di più questo ipotetico padre ora è morto?"

Alzando di due toni il volume della voce, e proferendo quelle parole scandendole bene ed attentamente come se stesse parlando ad un sordomuto, poi scuotendo ancora il capo continua:

“Fammi capire Bob, dici che tu e questo ipotetico mio padre parlavate di me, e che prendeva informazioni su di me e mia madre?
Fammi capire Bob, ma stai scherzando?
E dove cazzo era questo mio padre in tutti questi anni?”

Alterandosi non poco, poi ritornando alla calma quasi affranto.

“Sai che c’è Bob?”

Fa una breve pausa:

“Bob, non voglio sapere più un cazzo, torniamo a casa”

Bob allora consapevole di aver dato uno shock non da poco a Pierluigi, e consapevole che quella discussione può degenerare oltre, cerca di avere un atteggiamento sommesso e come un cane con la coda tra le gambe segue Pierluigi per salire in auto senza fiatare, facendo sì che sì calmi e che assimili ed elabori tutte le incredibili informazioni che ha ricevuto.

Sa che non è il momento di continuare a parlare, ma sa anche che se è lì è per un motivo, un motivo ben preciso, che il tempo stringe, e che non può correre il rischio di perdere quest'occasione, potrebbe non avere più la possibilità di poter parlare con lui.

Quindi, in auto dopo aver lasciato a Pier il tempo di elaborare, dopo circa una decina di minuti di mutismo assoluto, dice:

"So che queste informazioni che ti ho dato ti hanno scioccato, e che ora tu ce l'hai con me, ma credimi, te lo dico con sincerità, è una situazione imbarazzante anche per me".

Sembra dispiaciuto e sincero al tempo stesso.

Pierluigi non si volta a guardarlo, ha gli occhi lucidi e ben piantati sulla strada, tutte e due le braccia protese verso il volante, tenuto stretto forte tra le mani.

"Bob, dobbiamo parlare", farfuglia.

"Credo che dobbiamo parlare a lungo, ma non ora", chiosa.

Bob prova un moto di piacere, come se si fosse anch'egli liberato da una camicia di forza, e speranzoso, con voce roca, scaricando tutta la sua ansia sul sedile dice:

"Ok, Pierluigi, certo, of course".

Arrivano a Santa Maria al faro, in silenzio, un silenzio straziato dai pensieri.
In giro ci sono pochissime auto per fortuna.

Sono su via Nazionale, alla seconda a destra ecco l'hotel Baby; Pierluigi arresta l'auto senza spegnere il motore, non vede l'ora di liberarsi di quello straniero che gli ha sconvolto l'esistenza.

È piantato in auto, non dice una parola.

Bob è imbarazzato, sembra un giovane adolescente sorpreso nel bel mezzo di effusioni amorose da un padre di una giovane fanciulla:

"Pierluigi, io domani sono qui tutto il giorno, quando vuoi ti aspetto per parlare".

Nella sua voce c'è ancora una volta sincerità, speranza, comprensione, dolore.

Pierluigi abbassa una sola volta il capo, contemporaneamente alle palpebre in segno di intesa e di approvazione.

Per ora a parlare non ce la fa proprio.

Bob esce dall'auto e chiude piano la portiera; fa quel gesto delicatamente come voler attutire il rumore, come se in auto ci fosse un bambino che dorme.

Pierluigi ingrana la retromarcia svolta e va via; non lo guarda neanche stavolta, come a voler dire “cerca di capire mi hai distrutto la vita, ora lasciami in pace”.

Guida piano, assorto, senza meta, automaticamente e senza spiegazioni arriva alla fine del paese, circa sei chilometri più a sud.
Non ha assolutamente voglia di tornare a casa ed invece di proseguire sulla nazionale che sale verso l’imbocco dell’autostrada per poi fare la rotatoria e tornare indietro, svolta a destra, verso la strada sterrata che conduce giù all’argine del fiume.

Nulla è cambiato da allora, il letto del fiume è sempre secco, arido, dell’acqua neanche l’ombra, il terreno è polvere e su quella polvere Pierluigi, non molto tempo addietro, aveva trovato il corpo di una donna, sua madre.

Esce dall’auto e il cielo, quasi a farsi beffe di lui e del suo stato d’animo, è stracolmo di stelle.
La luna è ora molto più in alto; è divenuta più piccola e lontana, inarrivabile.
L’aria è secca e fresca. Pierluigi si appoggia al cofano anteriore della sua Renault 5 GT Turbo nera.
Il calore del motore invade tutta la sua schiena, gli provoca un brivido; incurante ci si distende sopra, incrocia le dita dietro la nuca, e osserva il firmamento.
Lacrime calde fuoriuscite dagli occhi grandi e neri solcano il suo volto giovane, ma già segnato da troppo dolore.

Scendono, e scendono ancora, mentre il respiro è affannato e lo stomaco subisce contrazioni e spasmi.

Pierluigi allora strizza gli occhi quasi a volerle soffocare dentro di lui, ma non ci riesce; il dolore gli ha invaso l'anima, il dolore gli ha tolto ogni controllo, il dolore lo ha sopraffatto.

Piange Pierluigi come non ha mai pianto, neanche quando ha fatto la terribile e terrificante scoperta, piange con la consapevolezza di chi sa che è impotente di fronte agli eventi, piange perché il destino gli ha riservato una vita dolorosa e triste, ed ogni volta sembra volerlo mettere alla prova, una prova sempre più ardua, una prova sempre più dura, una prova sempre più difficile.

Piange, e piange, fino alla disperazione più totale.

Poi dopo lo sfogo trova sollievo, ritrova quell'aria di nuovo respirabile e ristoratrice, di nuovo riesce a razionalizzare, di nuovo riesce a calmarsi; il petto non è più gonfio, tutti i sensi sembrano voler ritornare al loro posto, collegarsi armoniosamente al cervello, i suoni alle orecchie, il tatto all'ormai tiepida auto, gli odori alle narici piene di muchi, la vista alla desolazione di quei luoghi e di quelle stelle lontane, che chissà quanto, e quanto dolore e lacrime, possono osservare da lassù.
Quante e quante vite che si sono susseguite nelle migliaia di anni hanno potuto osservare e forse

proteggere, e quanti e quanti amori hanno visto nascere, crescere, e poi morire.
Dopo i respiri affannosi e ravvicinati diventa più calmo, anche le lacrime sembrano più dolci, meno amare e meno salate.
Cerca in se stesso la forza, deglutisce l'ultima saliva mischiata alle lacrime, prende un fazzoletto per cacciare via quei muchi di dolore, si passa le mani sugli occhi e sulle guance, cerca di essere di nuovo lucido, sale in macchina chiude piano la portiera, è triste, mesto, affranto; guidando piano, ritorna verso casa.

5

Aurora è in trepidazione. Pierluigi non torna, da quando è sbocciato l’amore in lei per quell’uomo/bambino la sua vita è cambiata, ha trovato la pace, ha trovato lo scopo della sua vita, ha trovato l’amore.

Ed è, paradossalmente, proprio quell’aspetto rude e burbero che a volte distingue Pierluigi rispetto agli altri uomini che Aurora ha conosciuto, che la fa impazzire d’amore.
Finalmente un uomo che le tiene testa, anche fuori dal letto, ma che nello stesso tempo a volte si trasforma in un innocente bambino, desideroso d’affetto e di attenzioni che troppo presto, e troppo brutalmente, gli sono state sottratte.
Aurora riesce ad appagare tutto il senso materno che è in ogni donna proprio prendendosene cura, e giorno dopo giorno lecca per guarire le gravi ferite sanguinanti, che il “bambino” Pierluigi mostra.
La donna super diva, la donna super sexy, la donna super desiderata, la super convinta, si è “sistemata”; anche tra i vari pretendenti, ormai, si è sparsa la voce.

Aurora si è innamorata.

Ormai non c’è più nulla da fare.

In fondo, lo sanno anche le pietre.
Una donna delusa, sola, angosciata, affranta, debole, oppure piena di sé, altera, convinta di avere successo,

intelligente e forte che non ha trovato l'amore, è facile preda.
Ma una donna innamorata del proprio uomo, che sia forte o debole, è insensibile a qualsiasi richiamo, di sesso e d'amore, figuriamoci se è sensibile o ascolta i richiami di una relazione nascosta, clandestina, da tenere celata, destinata alla sofferenza.
No, una donna ama, e vuole essere amata, e se trova la miscela giusta con i giusti ingredienti, beh è una creatura meravigliosa, capace di dare felicità e gioia.
Gli uomini no, si sa; si dice che l'uomo sia cacciatore, ma quando mai, è soltanto che gli uomini amano possedere, dimostrare la loro superiorità, ed hanno il brutto vizio di competere tra loro.
Quindi più una preda è difficile, inarrivabile, o è già di qualcun altro, più la devono conquistare, più mettono in pratica tutta la loro astuzia e le loro strategie per farla cadere nella loro rete.

Quindi, anche se tutti ormai si sono messi l'anima in pace ed Aurora "non è più sulla piazza", c'è sempre qualcuno che attratto da quella creatura fiabesca e terribilmente afrodisiaca, che non resiste ad indurla in tentazione, cercando di attirare la sua attenzione in ogni modo, cercando di farsi notare ad ogni costo, come fanno alcune specie di uccelli che pur di esibire le loro danze d'amore mettono a repentaglio la loro vita.

Aurora è angosciata, sono le due di notte e di Pierluigi non v'è traccia; è un andirivieni continuo, dalla finestra della cucina, da dove si vede il parcheggio delle auto, a quella del bagno, da dove si vede l'ingresso del palazzo.

Finalmente dopo mille pensieri, mille paure, mille minuti di tensione Aurora vede le luci della macchina di Pierluigi illuminare il parcheggio.

Anche Lia è rimasta in piedi, combattendo contro l'angoscia di Aurora, cercando di rassicurarla; è allo stremo delle forze, distrutta dal sonno, finalmente si rilassa, e la saluta per andare a sprofondare nel suo tanto desiderato letto.

Aurora, tesa con le labbra strette, sguardo severo, con un fremito di paura e frustrazione, in preda ad angoscia, gelosia e rabbia, vola giù nel palazzo davanti la porta di casa di Pierluigi, pronta per combattere com'è nella sua natura.
Indossa l'armatura dei cavalieri saraceni, è pronta per la guerra.
Pronta per fargli un bel interrogatorio stile pubblico ministero.

Tanto è grande la sua furia che arriva prima che Pierluigi possa chiudere l'auto, ed aprire il primo portoncino d'ingresso del vialetto.
Pier ha il capo chino, stranamente i suoi turgidi ed aitanti pettorali sembrano essersi afflosciati, anche le spalle sono scoscese, non sembra lui, per un momento Aurora, viene assalita da questo dubbio.

Anche se Pierluigi percorre pochi metri, Aurora nota la sua andatura, che è grave, tipo, come di chi segue un carro funebre.

La luce del cortile si accende con la fotocellula. Pierluigi, allora, inserendo la chiave nella fessura del portoncino alza lo sguardo, intravede al di là dei vetri Aurora, che va ad aprirgli, prima che lui giri la chiave.
Pierluigi ha l'aria sommessa, è disperato, nel suo viso non c'è luce, nei suoi occhi è svanita la brillantezza, il suo sguardo vispo è divenuto duro, affranto.

Aurora, nel vedere quell'espressione, come d'impulso ripone immediatamente l'armatura, il suo ciglio da imbronciata, istantaneamente diventa preoccupata, s'interroga, si angoscia, e la rabbia, la frustrazione e tutti i suoi propositi di guerra si trasformano in nulla.
Afferra le spalle di Pierluigi con le sue mani livide e trasparenti, avvolta nella sua vestaglia di casa cercando di penetrare oltre i suoi occhi.
Con aria interrogativa e trepidante chiede:

"Ma cosa è successo?"

"Nulla ho solo bisogno di riposare, sono molto stanco".

Pierluigi farfuglia a malavoglia quelle brevi parole, mostrando tutta la sua chiusura e la sua collera.

Aurora che non può assolutamente lasciar perdere la cosa lo esorta:

"Dai entriamo, dimmi ma cosa è successo? Perché cosi tardi? Non farmi stare in pena ti prego?"

Lo osserva meglio, mentre entrano in casa dopo aver acceso la luce, e nota i suoi occhi tristi, gonfi e rossi, e aggiunge:

"Pier, ma hai pianto? Ma che è successo dimmi non farmi stare in ansia!"

E Pierluigi, sforzandosi non poco per parlare:
"Niente Auro', te l'ho detto, sono stanco non mi va ora di parlare, dai".

Si siedono sul divanetto di casa e Pierluigi si accascia buttando in dietro il capo, come ad osservare un punto preciso nel bianco del soffitto.

Aurora allora comprende che qualcosa è accaduto, e non sa darsi pace, anche se cerca di rimanere calma.
Poggia la sua mano destra sulla testa di Pierluigi, mentre si accovaccia sulle ginocchia di lei.
È una cosa che conforta molto e che piace tanto a lui, quando ha bisogno di coccole.
Aurora lo accarezza piano, ora con tutte e due le mani gli massaggia la testa, e gli fa dei grattini indietro la nuca, con le sue belle e curate unghie.

Pierluigi è tutto un brivido, gli occhi lucidi, non resiste più a recitare la parte del duro, e così pian piano, poco a poco, butta fuori tra lacrime e pianto tutto quello che quella sera ha scoperto.

Aurora è pietrificata nell'animo, ma le sue mani continuano nel cercare di dare conforto a Pierluigi.
Non l'ha mai visto così affranto e disperato neanche quando la madre è stata ammazzata.
Si rende conto che per tutto quel tempo Pierluigi ha indossato una maschera, e si è rifugiato in una corazza che invece di essere di acciaio o di ferro, era soltanto fatta di argilla.

Dapprima, Aurora rimane muta, non dice nulla, com'è nel suo carattere, che da buon avvocato analizza ed ascolta prima di parlare.
Poi comincia a formulare una serie di disparate ipotesi, sui motivi della visita di Bob.
Valuta anche se ci possono essere gli estremi per un'ipotetica violazione giuridica.
Nella confessione che lui ha rilasciato a Pierluigi ci sono molti punti oscuri, che non la convincono, ma soprattutto, da vagliare con molta attenzione.

Ma i due giovani non possono nemmeno immaginare vagamente quale sia il motivo vero, del perché Bob si sia presentato nella loro vita all'improvviso, sconvolgendola.

I due, affranti, sconfortati, disorientati, disidratati, con occhi gonfi di lacrime, e visi tumefatti dalla stanchezza,

con le anime in subbuglio sprofondano in un triste ma quanto mai ristoratore sonno.
Sul divanetto, abbracciati, con gli arti intrecciati, l'uno con l'altro.

6

Sono le undici e trenta, il citofono squilla forte. Aurora apre le palpebre contro voglia, sembra essere uscita da un incontro di boxe.
Anche Pierluigi è tra veglia e sonno, la sera e la nottata passata sono state pesanti.

Riportati da un nuovo squillo di citofono alla cruda realtà, Pierluigi balza dal divanetto e va a rispondere.

"Pierluigi, sono Bob, apri per favore, early, please"

Pierluigi ancora non ha riacquisito tutte le cognizioni celebrali, e come uno zombie, ancora intontito dalle informazioni del giorno prima, rimane per un attimo interdetto, poi mette a fuoco, realizza, e riesce a farfugliare con la bocca impastata:

"Bob? Ma che ore sono?"

Poi fa una pausa e dice:

"Vuoi salire?"

Sembra che lo sfogo della sera prima gli abbia in qualche modo fatto passare l'angoscia.
Riacquista in pochi secondi più lucidità, riesce in un batti baleno a mettere in ordine tutti i pensieri, si sente rinvigorito, stranamente forte.

Bob è in casa, Aurora ha preso la vestaglia e ci si è avvolta dentro, per proteggersi dall'"uomo cattivo" e nascondere in essa tutta la vergogna di chi a prima mattina non si sente presentabile.

Odia, profondamente, quell'uomo malvagio.

Bob fa un cenno col capo per salutarla, lei abbozza un semi sorriso forzato.

Bob ha un'espressione ansiosa.

Pierluigi lo fa accomodare su una sedia in cucina, gli chiede se vuole un caffè.
Bob educatamente rifiuta, allora Pierluigi, per un momento, si ricorda che la sera precedente non era rimasto d'accordo con Bob di incontrarsi a casa sua; così s'incupisce e chiede, risoluto e sarcastico:

"Bob, scusa, come mai sei piombato qui all'improvviso? Sembra proprio che non riesci a starmi lontano."

Poi rivolge lo sguardo verso Aurora, in cerca di approvazione.

Bob, risponde con tono basso, ma sembra convinto e determinato:

“Hai ragione Pierluigi, scusami, scusatemi se sono piombato qui così all’improvviso senza avvisare, ma ho urgenza di parlarti”.
Mentre parla sembra che cresca sempre più l’ansia dentro di lui, gli occhi sembrano brillare e tremare.

Aurora lo osserva incredula, e non riesce a capacitarsi del perché quell’uomo la estrometta sempre dalle conversazioni importanti che ha da fare con Pierluigi.
In fondo è il suo uomo/bambino.
L’odio si fa davvero più acuto.

Pierluigi mentre si versa del caffe in una tazza piena di latte freddo, e ne versa un po’ in un’altra tazzina per Aurora, dice con tono seccato, sarcastico e interrogativo:

“Bene Bob anch’io ho da farti molte domande, ma dimmi cos’è che ti porta con tanta urgenza qui, a casa mia?”

“Pierluigi mi rendo conto, ed hai, anzi avete,
tutte le ragioni di questo mondo, come ti ho detto ieri io non sono qua per lavoro.”

“Ok Bob ho capito, ma vorrei sapere…”
Fa una pausa, poi riprende:
“Se mio padre è morto, un padre che non si è mai presentato da vivo per tutte le ragioni assurde ed incomprensibili che ieri mi hai riferito, non vedo

cos'altro dobbiamo dirci quindi come mai sei qui? Cioè qual è lo scopo della tua visita?"

La pazienza di Pierluigi sembra si sia davvero esaurita.

"Vedi, tu hai ragione, ma sono qui per due motivi."

Pierluigi, coinvolgendo con lo sguardo anche Aurora:

"Sentiamo."

"Ti ricordi che ti ho parlato di Billy?"

"Sì."

"Good, Billy ha un problema… quando è nato, sembrava tutto apposto, ma poi crescendo abbiamo scoperto che per una malformazione gli mancava un rene.
Quindi, Billy, è nato con un solo rene, uno soltanto, un po' più grande di uno normale."

Pierluigi annuisce sgranando gli occhi, forse immagina dove vuole andare a parare Bob, ma aspetta la conferma.

Bob continua:

"Il fatto è che Billy non ha mai avuto un'infanzia normale per questo problema.
Ma comunque poteva vivere.

Sembra che ora però il diavolo veramente si sia accanito con lui.
Billy si è ammalato gravemente, ha un carcinoma maligno, il suo rene è da sostituire, urgentemente, assolutamente."

A quelle parole gli occhi di Bob diventano lucidi e cupi.
"Vedi Pierluigi, Billy è in lista d'attesa per un trapianto, ma c'è il problema della compatibilità, anche a causa della sua malattia e delle chemio alle quali si è sottoposto, non è stato facile per noi aiutarlo.
Sono venuto qui veloce, perché in ospedale hanno dato al massimo quarantotto ore di vita a Billy, se non troviamo subito un donatore."

Pierluigi, con la bocca aperta, si volta verso Aurora, che trattiene il respiro, immobile con la tazzina del caffè ferma tra le mani, e pensa:

"Quest'uomo è pazzo!!!"

Bob prosegue:

"Vedi Pierluigi, io so che tu non conosci me, non conosci Billy, e non hai mai fatto parte della nostra famiglia, anzi, noi non abbiamo mai fatto parte della tua vita".

Fa una pausa:

“Devi sapere che quando Peter, tuo padre, è morto, il generale ha trovato nel garage di casa dei documenti con delle foto e materiale vario su te e su tua madre.
Ha scoperto quindi che Peter, nonostante le limitazioni ed i controlli ai quali era sottoposto, non aveva rinunciato ad interessarsi a te, e a Katia.

Pierluigi ora sembra più interessato e lo esorta:
“Continua”.

“Il generale Gate, come avrai potuto capire, non è un uomo facile, ed è rimasto sconvolto dalla morte di Peter, e ha iniziato a concentrare tutte le sue attenzioni sul nipote Billy.
Poi, quando ha saputo di te e di Katia, e di come sono andate le indagini, è andato su tutte le furie, ha raccolto anche lui molte, prove ed informazioni interessanti, ed è certo di sapere chi è il colpevole. Ma, ovviamente, non può venire qui in Italia ed aprire un caso senza il tuo consenso.
Quindi, io sono qui a chiederti se vuoi essere disponibile per un trapianto di rene, cioè, se tu vuoi dare un rene a Billy, tuo fratello.”

Mentre pronuncia queste parole, nel suo viso, nei suoi occhi c’è disperazione, ma speranza.

Pierluigi resta basito, come Aurora; deglutisce piano e poggia la tazzina sul tavolo davanti a lei, lentamente.

Pierluigi la guarda fisso, come a cercare di mettere in ordine tutti i pensieri che si affollano e ruotano nella mente, poi guarda di nuovo Bob, non sa cosa dire, non vuole rispondere impulsivamente, sta per aprire le labbra, quando Bob interviene:

"Perciò sono qui, anche perché il Generale vorrebbe incontrarti di persona.
Magari, quando tu vieni con me, domani, negli Stati Uniti, se accetti di donare un tuo rene a Billy, al tuo little brother..."
Gli occhi si accendono e si riempiono di lacrime sono pronti ad esplodere: "Ho già i biglietti se decidi di accettare".

Dice queste parole, sapendo di suscitare una reazione forte, e tumultuosa in Pierluigi.

In effetti, Pier e Aurora sono sconvolti, ancora una volta, ancora più della sera passata.
Quell'uomo è lì a rivoluzionargli l'esistenza con richieste assurde, a dare informazioni assurde, e a parlare ancora di Katia, di un fratello, un nonno, un padre, come se nulla fosse.

Pierluigi è incredulo; un misto di rabbia, tormento, curiosità e frustrazione gli attraversano il corpo e la mente.
Siccome è abituato a controllare le sue emozioni, si sforza di restare calmo, e lucido, e chiede, grattandosi la fronte:

“Bob... ma stai scherzando?... Io penso che…”

Mentre dice queste parole, Bob lo interrompe.
Aurora osserva in silenzio, imbambolata.

“Pierluigi, so che non ci conosciamo, e che non ti fidi di me. Facciamo una cosa, io adesso vado via, vi lascio soli, torno tra due o tre ore.
Qualsiasi decisione tu prenda, io la accetterò.
Spero solo, che tu prenda la decisione migliore che possa prendere.
Per te, per Billy, per la verità, e per tutti noi.
Che Dio ti aiuti.”

Pierluigi non batte ciglio, Aurora men che meno.

Osservano entrambi quell’alieno che si alza piano, esce, e richiude la porta dietro di sé.

I due sono increduli, sconvolti.

La tazza del latte e caffè di Pierluigi è piena a metà, non ha più voglia di buttarlo giù.
Aurora termina tutto il resto del caffè, anche quello nella caffettiera.
Ripercorre avanti e indietro i sette passi da una parete all’altra, come un carcerato rinchiuso in cella in attesa dell’ora d’aria, dopo un periodo di isolamento.
Vorrebbe mangiarsi il mondo ma comprende che la situazione è delicata.

Pierluigi è un tumulto di emozioni e pensieri che si rincorrono, uno dopo l'altro.

Razionalmente il suo cervello abituato a controllare e analizzare e programmare ha già detto no, ma il suo cuore lacero di dolore, sensibile e delicato, combatte forte contro la ragione.

Una famiglia mai avuta, un padre mai conosciuto e mai goduto.
La possibilità di salvare una vita di un giovane, che tra l'altro è del suo stesso sangue, o almeno a metà, così gli è stato riferito.

Per una volta nella sua vita tumultuosa accade qualcosa che può renderla davvero una vita unica, per cui valga la pena vivere.

In fondo, anche se turbata, e violentata, la vita di Pierluigi, negli anni dopo il tragico evento, è andata avanti regolare, quasi piatta.

Sotto controllo.

Ci sono però tante difficoltà e cose nuove ora da affrontare.

La paura.

Per un intervento di cui non ho la minima idea, e sulla specificità del caso, e sulla vita futura post asportazione di un rene.

Potrò praticare ancora sport? E a cosa dovrò fare attenzione?
La mia vita sarà come prima?
L'Angoscia.

Cosa fare? salvare o no, una giovane vita?

Aurora.

Sicuramente non sarebbe d'accordo, se decidessi di andare negli USA domani, per accettare di aiutare Billy.

Il Tormento.

Cuore e mente se le stanno dando di santa ragione.

L'Ansia.

Bob è stato chiaro, domani si parte, se accetto di andare.
Quindi, non c'è molto tempo per decidere, o dentro o fuori.

Gate.

Il famoso "stronzo" generale di ferro, che forse solo per salvare Billy ha accettato di riconoscere la mia esistenza.

Curiosità e voglia di verità.

Hanno raccolto informazioni?
Hanno prove su chi è l'assassino di mia mamma?
Finalmente forse si riuscirà a capire i motivi e scoprire la verità?
Quella maledetta verità?
E poi potrei sapere finalmente chi è mio padre, anche se è troppo tardi, ma almeno, potrei sapere che aspetto aveva.

La Fiducia.

Chi è quest'uomo apparso all'improvviso nella mia vita?
È davvero chi dice di essere?
Billy è soltanto un ragazzino da salvare, o è davvero suo fratello?
Perché solo ora si sono ricordati di me?
Certo, perché ora a loro serve un suo rene.
Mio padre si chiamava davvero Peter? Perciò forse mia madre mi ha dato il nome di Pierluigi!
Come sanno che sono compatibile con Billy?
E come hanno reperito tutte le informazioni?
Permettetemi di farvi una domanda:

E VOI CHE FARESTE?

7

Mentre è preso da tutti questi pensieri, e dentro di sé una lotta fragorosa è in atto, Aurora lo interroga:

"Pierluigi, a cosa stai pensando?
Non dirmi che veramente credi a tutte queste storie?
Ma questi sono pazzi, uno che neanche conosciamo se ne viene qua a raccontarci un mucchio di balle".

Pierluigi la osserva, e cerca di capire dove voglia arrivare.

Aurora continua frustrata, isterica:

"Io non capisco, ma da dove è sbucato fuori 'sto Bob?
Ma poi Pierluigi come fa un uomo che ha un figlio con un'altra donna a non interessarsi per una vita intera a lui, e a sua madre, per una vita intera dico. Non si preoccupa?
E quand'è che ti vengono a sconvolgere la vita?
Quando hanno bisogno!
E di cosa?
Di un rene, cioè ma stiamo scherzando??
Tipico degli Americani, pensano di comandare il mondo, arrivano, prendono ciò che vogliono, e poi chi si è visto si è visto".

L'obiettivo è chiaro, denigrare il più possibile queste persone perché Pierluigi non cada nel tranello.

Pierluigi ascolta le parole di Aurora con attenzione.
Una parte di lui è con lei annuisce in senso di approvazione, ma c'è l'altra parte, che pensa, elabora, ipotizza.

Sembra che Aurora se ne sia accorta, Pierluigi è frastornato.

Incalza:
"Pierluigi, allora, perché non parli?
Non dirmi che stai valutando l'ipotesi di credere ad una sola parola che quell'uomo ci ha detto?"

Pierluigi fa un sospiro profondo, e socchiude lento le palpebre:

"Aurora, sinceramente, non lo so a cosa credere.

Vedi Auro', tutta questa storia sembra così assurda, ma c'è un giovane che sta per morire e… se io posso fare qualcosa per aiutarlo…"

Aurora non crede alle sue orecchie, sbotta velenosa e lo interrompe:

"Pierluigi, ma tu non sai neanche se è verità?
Cioè, voglio dire, ma noi che sappiamo di questa gente?
Capisco che di fronte a un giovane che sta per morire, ognuno di noi si angosci e stia male, ma nel mondo, ogni minuto, muoiono dei bambini!
E poi tu gli dovresti dare un rene, mica è uno scherzo!"

Cerca di alimentare in Pierluigi i dubbi e di creargli angoscia e paura.
I suoi occhi sono accesi, la sua bocca sputa fuoco.

Ha molta paura che Pierluigi si allontani, che la loro vita possa essere sconvolta da quegli eventi.
La situazione la spaventa, la distrugge, in fondo anche Aurora dal rapporto con Pierluigi ha imparato a frenare i suoi istinti, le sue malizie, i suoi desideri di essere corteggiata ed adulata, ha cercato di vivere una vita placida, che pian paino, si è appianata in un certo qual modo; quindi che la sua serenità, che le sue sicurezze siano messe ora in pericolo non lo può accettare.

Pierluigi è sempre più disorientato, cerca da un lato di trovare le parole, dall'altro di convincersi a fare la cosa più giusta.

"Aurora, hai ragione, in fondo non li conosciamo affatto, però pensa una cosa!
Ho l'opportunità di sapere chi fosse mio padre, ho l'opportunità di conoscere mio fratello e di salvarlo.
Anche se non hanno fatto nulla per meritare la mia riconoscenza, ho l'opportunità di conoscere la verità sull'assassinio di mia madre".

Mentre dice quelle parole, s'incupisce, è incredulo.
Capisce, e chiarisce a se stesso, che la decisione sembra ormai presa.
È stato molto più veloce di quanto credesse.

Aurora nell'ascoltare l'utilizzo di quel vocabolo utilizzato da Pierluigi, "opportunità" non crede alle sue orecchie.
Capisce che lui è orientato ad assecondare le richieste di Bob; allora affranta, quasi sull'orlo di una crisi di nervi, sconfitta, cerca un'ultima disperata giustificazione, cambiando repentinamente strategia, attaccandosi a tutto, come ha imparato a fare durante i processi:

"Pierluigi, ma hai valutato le possibili conseguenze di quest'operazione?
Come farai col tuo lavoro?
E quanto tempo ci vorrà?
E ti ricordi che io questa settimana ho l'udienza di quella causa molto importante?
Come faremo?
Pierluigi, perché ti fidi di queste persone?"

Paradossalmente, proprio tutti quegli interrogativi e quelle insicurezze di Aurora danno coraggio a Pierluigi, che per una volta nella sua vita è al centro del mondo.
In modo positivo, finalmente, anche lui è stato notato, finalmente anche lui è sotto i riflettori, finalmente anche lui può recitare un ruolo importante, nella sua esistenza.

Per se stesso, e per gli altri.

Per il fratellastro, che ha appena quattordici anni e non merita di crepare.

Per la sete di verità, sulle vicende della madre, che chiede e grida giustizia.

Per curiosità, per conoscere il mostro cattivo, Gate.

Per conoscere che aspetto aveva quel padre mai goduto.

Per narcisismo, per amor proprio.

Forse ha davvero bisogno di rendere la sua vita migliore, anziché viverla piatta basata solo sull'io, proiettata nel futuro, non più soffocata dal passato.

Anche per una madre che si sta straziando il cuore e l'anima nel vedere il proprio figlio malato che sta per morire.

Pierluigi è ormai travolto dalle emozioni e dai pensieri positivi che hanno prevalso sulle negatività; neanche per un momento la paura dell'intervento, le conseguenze e tutto il resto ora lo spaventano.

Pierluigi ha deciso, non ci ha messo molto a raggiungere la verità.

Si sente fiero, è contento, e mentre prova tutto ciò dice ad Aurora:

"Aurora, comprendo le tue paure e le tue perplessità, ma cerca per una volta di capire anche me.
È un rischio che devo correre.

Al diavolo il lavoro, la paura e tutto il resto, Auro', devo sapere chi ha ucciso mia madre, devo sapere di più sul mio passato, e i miei legami.
Auro', se ti conosco bene tu faresti lo stesso."

Di fronte a quella affermazione Aurora rimane interdetta; fino a quel momento non si era calata realmente nei panni di Pierluigi, ed ora si chiede, al posto suo, lei cosa farebbe.

(Voi ci state ancora pensando?)

Anche se le esperienze personali non si possono trasportare e travasare, perché ognuno ha il suo bagaglio, il suo carattere, il suo modo di approcciare alle cose, il suo punto di vista, il suo fiuto, il suo spirito, il suo coraggio, le sue paure, il suo vissuto, il suo istinto, Aurora cerca di calarsi nei pensieri di Pierluigi.
Messo da parte l'istinto di protezione che ha nei confronti del suo giovane amore, sembra aver capito e colto l'essenza della decisione di Lui.
Il suo sguardo da triste, lugubre e addolorato, si trasforma in adorazione e dolcezza, ora lo osserva con occhi diversi, ora ammira il suo coraggio, la sua sete di verità, la sua tenacia, il suo essere uomo, e dice con una nota di malinconia:

"Sappi che qualsiasi decisione tu hai preso, io sono con te".

Pierluigi, nell’udire quelle parole, finalmente si rilassa; il suo viso si distende, così come il suo corpo.
Si avvicina ad Aurora, la abbraccia forte, e le sussurra all’orecchio.

“Lo sai che ti voglio bene? Sei eccezionale.”

La bacia.

È la prima volta, che Pierluigi, le mormora qualcosa di veramente dolce.

La stretta, la sua vicinanza, il contatto con lei, il suo profumo, la sua pelle vellutata, e quello stato di sollievo dopo momenti di angoscia, gli provoca all’istante un’eccitazione carnale; ora la bacia con voracità.

Aurora lo guarda con gli occhi lucidi, intensi, impaurita e vinta, abbassa le palpebre, e si lascia possedere.

Pierluigi “l’uomo/bambino”, quello strano, ha imparato a farla godere.
Hanno trovato la complicità totale, e quindi ha la chiave del piacere.
Danno sfogo ai loro istinti più profondi; questa volta fare l’amore per Pierluigi è liberatorio, è potenza, è sentirsi maschio al cento per cento.

Sente e vede Aurora persa tra le sue braccia, pronta ad accondiscendere ad ogni suo desiderio, sottomessa al suo piacere, vinta.

Entrambi, all'unisono come se fosse la prima volta, senza controllo si perdono in un godimento meraviglioso ed intenso.

8

L'orologio appeso nel soggiornino segna le quindici e trenta.
Bob è giù al citofono.
Aurora è su, dalla madre, a metterla al corrente di quanto è avvenuto nelle ultime venti ore, e di cosa accadrà di lì a venire.

Pierluigi è in trepidazione, ansioso; le mille domande che gli affollano la mente non lo abbandonano.
Risponde al citofono, è pronto a dare la risposta a Bob.

Bob ora è lì in casa, in piedi, ansioso ad attendere le parole di Pierluigi.

"Bob, ok! Va bene, vengo con te domani, ma voglio conoscere, sapere tutto fino in fondo."

Bob si rilassa, gli occhi gli diventano lucidi, una lacrima solca la sua guancia sinistra; l'asciuga velocissimamente, prova vergogna, poi sorride compiaciuto, e aggiunge:

"Speravo in una decisione del genere, non ho mai avuto dubbi sul tuo coraggio, sulla tua bontà d'animo, in fondo sei sempre mio nipote".

Lo dice con una punta di sarcasmo e orgoglio, poi di nuovo si fa serio:

“Pierluigi, devo darti una notizia”.

Pierluigi, si blocca, allarga le braccia esausto:

“Ancora Bob, cosa c’è ancora? Sei veramente sfiancante”.

“Pierluigi, stasera alle ventuno e trenta c’è un aereo da Roma, se facciamo in tempo possiamo prenderlo.
Il tempo stringe, e la vita di Billy ogni secondo che passa è sempre più in pericolo, mi hanno richiamato, la situazione purtroppo è peggiorata ulteriormente.
Un giorno in più potrebbe essere fatale, potremmo, così facendo, viaggiare di notte e domani mattina essere già in ospedale a New York.”

Pierluigi è colto di sorpresa, è spiazzato, come se la sottrazione di quelle altre venti ore, non gli concedesse di somatizzare appieno la sua decisione.
Non sa cosa dire e parla banalmente:

“Bob, ma i biglietti, la valigia, come facciamo ad andare a Roma?”

Bob, accennando un mezzo sorriso:

“Pierluigi, siccome non avevo dubbi sulla tua decisione, ho organizzato tutto, ho noleggiato un auto che lasceremo a Roma all’aeroporto.
Se partiamo tra un’oretta, il tempo che tu faccia le valigie, alle diciannove circa saremo a Roma.

Il volo è alle ventuno e trenta, come ti ho detto, i posti sono già prenotati, in prima classe, ed avremo otto ore di viaggio in cui ti darò tutte le informazioni che desideri".

Pierluigi, non troppo convinto, sospira.
Ormai sa che la decisione è presa, prima o dopo bisogna andare, quindi, meglio affrontare la situazione di petto e togliersi subito il pensiero.

"Ok Bob, preparo le valigie, avviso Aurora, e partiamo."

"Ok Pierluigi, vado all'hotel a lasciare la camera e a recuperare le mie cose, ci vediamo qua' sotto tra un'ora, un'ora e mezza, ok?"

"Ok diciassette, diciassette e trenta qui."

Bob scappa via, felice di aver raggiunto lo scopo del suo viaggio; è preoccupato ed ansioso per le sorti di Billy.

Pierluigi ora ha un altro problema: avvisare Aurora che tra un'ora partirà.

Pierluigi è eccitato, ma l'ansia e lo stress per tutte le cose da fare in poco tempo cominciano a salire.

Ha preparato poche cose in valigia, si chiede come sarà il clima, se ha necessità di portare quest'indumento

piuttosto che quell'altro, poi si ricorda che è tornato solo da una settimana dall'America.
Gli sembra che sia passato un anno.
È quasi pronto, va, deve affrontare Aurora.

Sale su a casa di Aurora, che è intenta a parlare con Lia. Sicuramente disquisiscono proprio di tutti gli eventi che si sono susseguiti nelle ore precedenti, e di tutte le notizie "bomba" che hanno ricevuto.

Pierluigi è serio, cerca di trattenere l'ansia.
Aurora, appena lo vede, gli va incontro, ha bisogno del contatto fisico.
Lo bacia sulla guancia e gli stringe il braccio, davanti a Lia cerca di avere un atteggiamento casto.

Pierluigi va subito al punto.

"Aurora, è venuto Bob."

"E perché non mi hai chiamato?"

"Vedi, c'è stato un cambiamento partiamo tra un oretta, Bob ha già i biglietti e tutto, andiamo a Roma e poi a New York."

Aurora è presa alla sprovvista:

"Pierluigi, ma non capisco, cos'è tutta questa fretta non gli basta che tu abbia deciso di assecondare le sue richieste?

E poi scusa, come? Ha già i biglietti?
Ora dobbiamo preparare le valigie in fretta e furia??"

È esasperata.

"Aurora, in verità parto io e Bob, è meglio così."

Non finisce la frase che Aurora è viola di rabbia, e piena di collera:
"Pierluigi, ma stai scherzando?
Non se ne parla proprio.
Tu vuoi andare da solo con quello sconosciuto a sottoporti ad un'operazione del genere… a New York?
E scusa io cosa dovrei fare??
Stare qui ed aspettare? Ma sei pazzo, Pierluigi?"

Pier comprende e smorza un po'e aggiunge:
"Dai, tu puoi raggiungermi in questi gironi, magari mercoledì, dopo che hai anche tenuto quell'udienza importante."

Aurora ha perso completamente la pazienza, si sente esclusa, priva d'importanza, messa da parte:
"Pierluigi, ma che stai dicendo? Ma cos'è tutta 'st'urgenza? E poi eravamo d'accordo di andare assieme o mi sbaglio?"

Ora sbraita.

"Hai ragione, solo che le condizioni di Billy sono peggiorate improvvisamente, e se non siamo lì per domani, potrebbe essere tutto inutile, comunque anche a me dispiace che tu resti qui."

Ormai, dà per scontato che Aurora non parta con lui.

"Ho capito Pierluigi, ti sei completamente rincoglionito.
Ma che sta succedendo???
Non voglio sapere niente, io vengo con te a rischio di perdere il lavoro, a rischio di partire così in vestaglia!"

Pierluigi si rende conto che stavolta non può più di tanto, forzare la mano.

"Ok Aurora, hai ragione, ora sentiamo Bob se riesce a trovare un altro biglietto."

Aurora trema dalla rabbia:
"Aaaa... il signore aveva già previsto tutto, anche che io rimanessi a casa…, ma bene, bravo, benissimo…!!! Preparo le valigie e arrivo!!!"

Pierluigi scende a casa, è in attesa che arrivi Bob, prepara le ultime cose.

Aurora, frustrata, indignata, delusa, e amareggiata prepara un piccolo bagaglio dove butta dentro le prime cose che le capitano sotto mano.

Bob ascolta la richiesta di Pierluigi, ha tutt'altri pensieri, ora, ma sa che deve trovare una soluzione anche per Aurora.

Fa una telefonata, e dopo circa dieci minuti ha la risposta:
"Aurora può partire lunedì con un volo da Roma alle undici e dieci diretto a New York, mi dispiace, ma prima non ci sono disponibilità, è il massimo che ho potuto fare, credetemi".

Aurora piange, seduta sul divano, con le gambe conserte, si rende conto che qualcosa le sta sfuggendo dalle mani, ma soprattutto che Pierluigi non la considera quello che lei ha sempre pensato di rappresentare per lui.

È terribilmente affranta, ha gli occhi pieni di rabbia e lacrime.

Pierluigi cerca di consolarla, a stento trattiene la sua commozione, le accarezza dolcemente la testa; anche Lia è molto scossa, li guarda impotente, e non può far altro che cercare di confortarli.

Il momento della separazione è arrivato; Pierluigi si rende conto che deve andare.

Lia come al solito gli raccomanda di fare attenzione e di stare allerta.

Aurora è distrutta, ma trova un po' di lucidità per chiedere maggiori informazioni sul biglietto di lunedì.

Comprende che anche Pierluigi sta vivendo una situazione difficile, si alza, lo abbraccia con tutte le sue forze, è ricambiata, si baciano, stavolta la presenza di Lia non la imbarazza.
Pierluigi allenta la morsa, si distaccano, promette ad Aurora che appena arriva le telefonerà, saluta Lia e va.

Aurora è sola, svuotata, abbandonata, lacerata dal dolore.

Giù, Bob è in trepidazione per i minuti che passano; attende, ecco che finalmente Pierluigi arriva, salta in macchina direzione Roma Leonardo da Vinci.
Sono le diciassette e quarantacinque, il volo è alle ventuno e trenta, destinazione finale Ospedale New York-Presbiteriano, Centro Medico di Weill Cornell.
Dicono uno dei più importanti e specializzati nel trapianto di rene della città, e forse di tutti gli Stati Uniti.

Questa volta l'emozione del viaggio è diversa, l'eccitazione di prendere l'aereo è diversa; neanche la prima classe gli fa effetto, tutto è diverso.
Questa volta non viaggia con la sua bella Aurora, ma con uno sconosciuto, che dice di essere suo zio, per andare ad incontrare altri sconosciuti, ma che per una serie di rivelazioni e coincidenze, sembrano essere proprio i suoi ritrovati parenti.

Questa volta lo scopo del viaggio è diverso, non è un viaggio di piacere.

Questa volta c'è una vita da salvare… o forse due…

9

Pierluigi apre piano gli occhi, è su un letto, coperto da un lenzuolo bianco con bordi azzurro chiaro, nota che ha una flebo nel braccio, mentre ruota il capo tutt'attorno.
Osserva la stanza. C'è una finestra con una tapparella alzata a metà dalla quale entra un raggio di sole caldo che trafigge i vetri e si schianta per terra.
Da fuori si sentono gli uccellini cinguettare, i rami sono grossi e le foglie altrettanto, e di un verde acceso, intenso.
Di fronte ha un mobiletto che regge una piccola tv spenta.
Alla sua destra c'è un piccolo tavolo con due sedie.
A far da cornice alla spalliera del suo letto, c'è un armamentario di bottoni e luci, su un quadro di plastica grigio chiaro, che sovrasta la sua testa.
Su di un lato c'è un pulsante rosso; accanto a questo, quasi attaccato, c'è un forellino, da dove fuoriesce una corda. Sopra entrambi, una targhetta con su scritto EMERGENCY.

È intontito, si sente pesante, la bocca pastosa e amara, ha la sensazione come se stesse dormendo da una settimana, non ha memoria di alcun sogno, occorrono alcuni minuti prima che realizzi e metta a fuoco la realtà.

Sulla sua sinistra vede una porta: c'è un'etichetta attaccata al centro, altezza occhi, l'adesivo dice wc.

Rammenta che si trova lì per un motivo preciso, passa la sua mano sinistra sull'addome e sente la fasciatura poi tocca un tubicino collegato ad una borsetta di plastica che pende alla sua destra.
Il drenaggio, pensa.
Sul braccio destro vede un ago conficcato nella sua vena centrale, collegato a un tubicino che sale su fino ad un trespolo di acciaio, poggiato su tre rotelle; in cima c'è un contenitore di vetro capovolto.
La flebo.
Cerca di capire se con quell'arnese che ha nella vena, può piegare il braccio destro; è stressante non saper cosa fare.
È il primo intervento della sua vita, e non ha idea di quei corpi estranei infilzati sotto la sua carne.

Solleva il capo. La porta d'ingresso della stanza è socchiusa, alcune voci si odono dal corridoio antistante.
Forse è Bob, pensa.
Piano piano la sua mente ritorna alla normalità e riaffiorano i ricordi più recenti, la lucidità sta ritornando poco a poco.

Si ricorda di essere arrivato il giorno prima.

Ma, sì, certo, sono in ospedale a New York.
Ricorda di aver incontrato quella che un tempo era la moglie di suo padre Peter.
Alta, sul metro e settanta, esile, molto magra, capelli biondi, sguardo teso e dolorante.

Poi ricorda Billy.

Sì, certo, Billy.

Un ragazzo dagli occhi vispi, ma completamente calvo.
Forse gli mancavano anche le sopracciglia.

Poi ricorda un uomo, basso, forse sul metro e sessantacinque, qualcosa in meno e non in più.
Esile anch'egli, carnagione più scura di Billy, stempiato, senza un filo di barba, con un odore forte di acqua di colonia, con fare deciso, sguardo di ghiaccio ma triste.

Ah sì, sì, è il generale. Caspita, a vederlo fisicamente, tutto sembra, tranne il generale di ferro che t'aspetti.

Poi, ricorda vagamente, un'altra figura.
Una donna con i capelli castano scuro, alcuni riflessi sul mogano, occhi azzurri, qualche lentiggine, un sorriso perfetto denti, bianchissimi e lucenti.

Ah sì, sì, è la sorella di Virginia, Anastasia, sì mi pare si chiama così, la zia di Billy.

Mentre cerca di recuperare la memoria, dalla porta entra un'infermiera con un sorriso smagliante.
Il suo camice giallino mette ancora di più in risalto la sua allegria, e le sue origini africane.
Anche lei è risoluta e decisa, nei suoi movimenti.

Pierluigi la guarda in silenzio, mentre lei armeggia con flebo e l'ago che gli trafigge il braccio, dà anche una controllata alla borsetta laterale.

Accenna ad un mezzo sorriso, più di circostanza che d'altro; la sua smorfia compiaciuta tradisce quello che forse pensa veramente.

Ah! quante volte gli occhi ci tradiscono,
pensa Pierluigi.

Lei lo guarda come se Pierluigi fosse un marziano. Pierluigi ricambia lo sguardo allo stesso modo.

Poi lei gli chiede in inglese:

"Are you ok? Are you good?"

Pier, ancora intontito non trova le parole e soprattutto la forza mentale di pensare per parlare in inglese, e riesce solo ad abbassare la testa e le palpebre in segno di approvazione.

Mentre l'infermiera gli toglie l'ago dal braccio, entrano nella stanza Bob e Anastasia.
Pierluigi è stanco, ha una fitta, un dolore all'addome e al fianco destro; adesso realizza lucidamente e definitivamente perché si trovi lì in quel letto.

Si ricorda della sala operatoria, di enormi fari circolari.

Forse erano tre, sì, erano tre.

Emanavano una luce bianca fortissima, non ci potevi guardare dentro.
Ricorda almeno una decina di persone intorno a lui, tutti con delle mascherine verdi sulla bocca.
Poi un dottore con degli occhiali strani, molto spessi, con delle altre lenti a forma di binocolini, posti al centro delle stesse.
Ricorda gli occhi di una donna sempre avvolta nel camice e nella sua mascherina che le copriva naso e bocca che gli ha passato un pennello con del liquido marroncino alquanto freddo sull'addome da sotto il torace fino all'ombelico.
Poi ricorda che uno di loro, col camice bianco, gli ha infilato un ago, e l'ha accompagnato nella conta alla rovescia.

"Teen, Nine, Eight, seven…Sex…fiivvveee…"

Ricorda che forse non è arrivato neanche a cinque ed è caduto in catalessi, un sonno pesante e oscuro, profondo, senza vita.

Bob è rilassato, ha un sorriso che esprime tutta la sua gratitudine e felicità, lo guarda compiaciuto quasi ammirato, indossa una maglietta a mezze maniche verde bottiglia, un jeans e le solite scarpe mocassino.

Pierluigi lo osserva e apprezza la verità e la sincerità nei suoi occhi, il suo sguardo che trasmette finalmente serenità.

Poi entra all'improvviso nel suo campo visivo Anastasia.

"Caspita è uno schianto, molto meglio di quello che ricordavo".

Anche lei, lo osserva, con espressione di ammirazione e devozione, e gli si avvicina per salutarlo con un bacio sulla guancia.

"Wow... mmm che buon odore."

Anastasia in effetti è molto meglio di quello che lui ricordasse; d'altronde l'aveva vista solo per pochi minuti appena arrivati dal viaggio.
È la tipica ragazza americana sui ventotto anni, indossa un leggero vestitino color ocra, con una cintura che stringe l'esile vita.
Sopra indossa un giacchettino beige con dei bottoncini marrone scuro, aperto davanti a coprire una magliettina bianca dalla quale s'intravedono due bei seni, rotondi e perfetti.

Nel frattempo si è posta al lato destro del letto, con alle spalle, la finestra, dalla quale entra il sole che avvolge tutto il suo corpo.

“Sembra un angelo.”
Pier osserva con discrezione la siluette di lei, attraverso la trasparenza del vestito.
Le sue gambe sono dritte, belle, femminili, la cosa lo diverte e lo eccita al tempo stesso.
Indossa ai piedi sandali bassi, di cuoio, allacciati alle caviglie, tipo schiave romane.

“Mmm…. veramente sexy.”

I capelli sono ondulati, castani, misto al mogano, le lentiggini sul viso sembrano disegnate apposta, il colore della sua pelle sposa perfettamente il colore dei suoi occhi azzurri, le labbra sono grandi, il sorriso smagliante, i denti regolari e perfettamente allineati.

“Sembra fatta in laboratorio.”

Anche il neo posto al lato destro a uno, due centimetri, dal labbro superiore, sembra disegnato e messo lì non a caso.
Anastasia è bella.

“Sicuramente pratica sport”,

ripete tra sé e sé.

Ha delle movenze leggere, delicate, nobili.

Anche lei lo guarda, e non può far a meno di notare che lui la stia osservando dalla testa ai piedi.

Così, si emoziona leggermente, arrossisce; è palpabile la sua timidezza, e al tempo stesso il suo compiacimento per quegli sguardi insistenti e maliziosi. Poi, come per difendersi, rivolge di scatto a Bob la sua attenzione, chiedendogli qualcosa in americano.

Pierluigi, da grande osservatore qual è, nota con piacere quell'atteggiamento, nel quale c'è tutta la disarmante ed arrendevole conferma che lei è compiaciuta per quegli sguardi, ed è probabilmente attratta da lui.

"Sono divertito", pensa stupidamente, tra sé e sé.

"Sarebbe bello se tutti quelli che si svegliano da un'anestesia, potessero trovare ai piedi del letto un angelo del genere".

Poi si ricorda di Aurora.

"A proposito ma che giorno è?"pensa.

Tra il fuso orario, l'anestesia, il viaggio, l'operazione e tutto il resto ha perso la cognizione del tempo.

Bob nel rispondere ad Anastasia, rivolge lo sguardo verso Pierluigi, dando segno che stanno parlando probabilmente di lui, che non capisce nulla di quello che si sono detti, anche perché è intento a rincorrere i suoi ricordi, e a recuperare la lucidità.

"Hei, Pierluigi come va? Come ti senti? All right?"

Lo coinvolge Bob.

“Sì, sì, yes, ho solo un dolore e una fitta al fianco destro.”

In verità, si sente come se l’avessero svuotato del tutto.

“Bob, ma che ore sono? E che giorno è ?”

Bob divertito, accenna un sorriso.

“Pierluigi, è lunedì mattina, sono le 10, siamo in America, a New York”.

Dice quelle parole parlando come volesse prendersi gioco di lui, che comprende, accenna un sorriso e ribatte:

“Bob, ho bisogno di un favore.”

Poi guarda Anastasia, e subito dopo la porta di ingresso della camera, come per dirle: “Ora devi uscire”.

Cerca di mettersi seduto sul letto, è debole, dolorante, ha un bruciore fortissimo interno.

All’improvviso entra l’infermiera che, sgranando gli occhi, urla qualcosa d’incomprensibile verso Pierluigi, che solo per il volume ed il tono si blocca, s’irrigidisce e si ristende sul letto.

Poi Bob, dopo un breve e acceso consulto con l'infermiera, dice severo:

"Pierluigi, mi sa che devi assolutamente restare fermo a letto, non devi muoverti per ora".

Allora Pier con un cenno del capo, e con gli occhi sul vago, fa di sì.

Escono tutti, è solo, cerca di familiarizzare con i nuovi invasori ficcati nel suo corpo:

"Sembrava più facile" dice tra sé e sé dolorante.

Dopo un po' di respiri e due o tre sforzi, indurendo gli addominali, sentendo un dolore pazzesco al fianco ed un bruciore fortissimo dentro, riesce a sollevarsi un po' più su sul letto per trovare una posizione leggermente più comoda.

Si sente come se gli fosse scoppiata una bomba dentro, come se tutto il suo corpo fosse lacerato dall'interno.
È un dolore lancinante, assurdo.

"Caspita, che male, che sofferenza."

Dopo un po', Bob ed Anastasia, che erano rientrati, si congedano.

Pierluigi, è solo nel letto, si guarda intorno, il tempo sembra essersi fermato.

Quando si è in ospedale, tutto è diverso; le cose anche le più futili assumo un significato importante.
Tipo ruotare il busto su se stessi per arrivare al mobiletto e prendere un goccio d'acqua.
Tipo risollevarsi, spingendosi con i muscoli delle gambe più su, per cercare di trovare una posizione comoda, e magari per riposare un po'.

È paradossale quanto sia netta la differenza tra le cose che fai, e che dai per scontato quando stai bene, rispetto a quelle che ti accorgi essere una conquista giornaliera e quotidiana di quando sei immobilizzato in un letto.

È una nuova sensazione per Pierluigi che ha patito comunque tante sofferenze.
Chi può accettare l'assassinio della propria madre, per di più già orfano di padre, ritrovandosi d'improvviso solo ad affrontare le difficoltà del mondo e della vita, senza una guida, senza avere la possibilità di percorrere un sentiero già tracciato?

Pierluigi ora è alle prese con nuove emozioni, in effetti non è mai stato ricoverato, né ha dovuto mai subire interventi, per questo alcune cose, prima, erano scontate, gratuite.

Ora si trova a riflettere, su quanta sofferenza Billy ha dovuto patire dalla scoperta delle sue malattie, facendo avanti e indietro dagli ospedali, sottoponendosi a continui controlli, e stando costantemente col fiato sospeso in attesa di diagnosi, di cure da seguire, e di qualche anima pia di un donatore.

Pier riflette, sprofondato, in quel letto a lui estraneo. Inerme, fermo, condizionato, anche nei minimi movimenti.
In un paese per lui straniero, lontano, solo, senza Aurora, riflette!
Analizza, e stavolta senza cercare di controllare i suoi pensieri, viaggia liberamente con la mente.
Come se prima di allora, anche nelle sue riflessioni, ci fosse stata sempre una linea di confine da non oltrepassare.
Per una volta si sente davvero oltre, sente di spingersi più avanti, di elevare il grado di analisi, sente il bisogno di lasciare tutto alle spalle, è pronto ad innalzare l'asticella che fino a quel momento, per tutti gli eventi, e per forza di cose, è stata tenuta ad altezza adeguata, senza mai che creasse altri pericoli.
Sente, per la prima volta, di aver fatto un gesto importante.
Per una volta, sente di essere stato utile realmente.
Per la prima volta, sente che è di là dal guado.
Quell'onda di quel fiume in piena che avrebbe potuto travolgerlo con la sua corrente anomala, fragorosa ed incontrollabile, è stata superata.

Mi vengono in mente la grandi migrazioni delle mandrie Africane.

Gli gnu, le zebre, le gazzelle che attraversano l'immensa savana in cerca di climi più miti, di erba più verde, di acqua più fresca da bere.
Spinti soltanto dal loro istinto.
E quando arrivano sulla sponda del fiume, osservano, analizzano qual è il punto migliore da dove lanciarsi, sfidando la terribile corrente, consapevoli che dei coccodrilli affamati non attendono altro per assaltarle.
Ma ciò non le arresta, non le fa desistere e senza esitazione una dopo l'altra si lanciano impavide, sapendo che la loro sopravvivenza è sulla sponda opposta.

Riflette, Pier, anche sul fatto che il mondo che si era costruito attorno fino a quel momento, è stato fatto di frivolezze, e di spaventosa, quotidiana, normalità.
Tutto pianificato, tutto organizzato, tutto prevedibile e paurosamente scontato, tutto senza rischi.

L'uomo/bambino, "quello strano", sta percorrendo un altro grande passo verso la maturità.
Forse è proprio quell'esperienza di trovarsi lì, un po' per curiosità, un po' per incoscienza, ed anche per scoprire l'agognata verità.
Forse questo mettersi alla prova gli darà da ora in avanti la possibilità di osservare il mondo con occhi diversi, con sguardo più acuto e penetrante, con più consapevolezza, con una prospettiva più aperta.

Mentre Pierluigi riflette e pensa alla sua vita scavando in luoghi profondi e sconosciuti fino a quel momento, il tepore ed il sonno lo avvolgono.

10

Sono le sedici e trenta, quasi le diciassette.
Pierluigi riapre piano gli occhi; ora sembra essere emerso con la testa da sott'acqua, per come i rumori ed i suoni tutt'attorno lo invadono all'unisono.

Cerca di recuperare l'orologio sul comodino alla sua sinistra, ed osserva l'orario.

"Chissà se Aurora sarà arrivata."

Mentre pensa a queste cose, nota che ha di nuovo un ago piantato nel braccio, con una nuova flebo.
Non ricorda assolutamente quando gli è stato infilato, o, quale infermiera lo abbia infilzato di nuovo con quell'invasore fastidioso.
Si sforza di ricordare, ma niente.
Non riesce a rintracciare nei suoi ricordi quel momento.

Mentre cerca di ripercorrere con la mente tutti i momenti passati, ecco che riaffiora finalmente un ricordo del giorno prima, quando ha dovuto sottoporsi al clistere.
Arrossisce nel ricordare l'infermiera che gli aveva infilato quel tubicino, iniettando dentro il suo intestino liquido caldo, e che si era raccomandata affinché resistesse un po', prima di scappare in bagno.
Ma era stato un compito impossibile da assolvere; in effetti dopo neanche tre, quattro secondi dall'estrazione del tubicino conficcato nel suo ano, era dovuto

scappare in bagno in fretta e furia, visto che il suo colon si era riempito come un palloncino.

Mentre è intento a ricordare, e a provare un moto di vergogna per quanto accaduto, entra in stanza Bob, seguito da Aurora.
C'è anche Virginia, che ha un mazzo di rose in mano di vari colori.

È la prima volta che Pierluigi riceve dei fiori, in verità gli sembra alquanto strano che un uomo riceva dei fiori, per un istante si sente un po' donna

"Chissà forse qua si usa così" riflette tra sé e sé.

Aurora gli si butta al collo, lo abbraccia forte si commuove e scarica tutta la tensione accumulata. Pierluigi è felice, ma dolorante, e la prega di non stringere forte.
Ci vogliono buoni cinque minuti, prima che Aurora smetta di singhiozzare, ed asciugarsi le lacrime in modo convulso.

Bob ha un sorriso più raggiante del solito; anche Virginia ha gli occhi che brillano di più rispetto al giorno prima, ripone i fiori in un contenitore di plastica dopo averlo riempito d'acqua, ponendoli al centro del tavolo.

Poi guardando commossa, e compiaciuta Pierluigi gli dice:

"Pierluigi, I'm very happy, and thank you so much for all, there are no words, because now Billy is better, thank you so much, really, thank you so much"

[Pierluigi, sono veramente molto felice e non ci sono parole per ringraziarti, anche perché ora Billy sta meglio, grazie molto, grazie veramente molto.]

Pierluigi, non afferra tutto subito, ma capisce i ringraziamenti e il nome di Billy, e deduce dall'espressione di Virginia che l'intervento dev'essere andato bene.

Allora s'intromette Bob che fa un po' da traduttore dicendo:

"Pierluigi, finalmente il dottore ha detto che Billy è uscito dalla terapia intensiva, che per ora non c'è rigetto, e che le sue condizioni sono in via di miglioramento.
Virginia, come vedi, ti sta ringraziando molto, ti è molto grata, non ha parole per esprimere la sua gratitudine".

Pierluigi sorride si sente appagato pieno di gioia per aver compiuto un gesto, raro, coraggioso, solidale.
È fiero di sé.

"Aurora ha la faccia un po' affaticata, stanca, la sua cera non è la solita, sarà stato il viaggio, la preoccupazione per l'intervento.

Anche lei è stata messa alla prova, anche lei sta affrontando situazioni nuove, anche lei sta crescendo."

Aurora, oltre al velo di ansia e spossatezza, quando guarda Pierluigi, sembra volergli irradiare un po' di fiducia, e felicità, mista a comprensione e ammirazione.

Poi, Bob continua:

"Pierluigi, se tutto va bene, come speriamo, tra sette, dieci giorni, potrai essere dimesso e forse anche Billy.
Andrete a stare nel periodo di convalescenza a casa di Virginia.
Loro possiedono una casa, lontano dal caos, un po' fuori New York, a Staten Island, in Miles Avenue.
Hanno anche una piscina, e un bel giardino, potrete farvi il bagno visto il caldo che fa", aggiunge ridendo.

Pierluigi, mentre rivolge lo sguardo verso Aurora, come per condividere con lei quello che sta dicendo:

"Bene, mi fa piacere, ma speriamo, prima di tutto, che ci dimettano presto."

Aurora conferma con la sua espressione le parole di Pierluigi, poi aggiunge sorridendo:

"Bob, noi dobbiamo lavorare, mica possiamo restare sempre qui, magari potessimo".

Poi si gira verso Pier:

“A proposito, ho parlato con Andrea, il titolare dell’azienda, dove è impiegato Pierluigi, gli ho spiegato un po’ per sommi capi la situazione, prima ovviamente si è contrariato ed a stento mi ha creduto, poi pian piano ha capito, ed ha aggiunto che spera che tutto vada bene, e che tu sia di ritorno presto, e ti saluta.”

La discussione continua veloce e leggera.

Aurora sembra essere rinata, ha una nuova faccia ora rispetto a quella che aveva quando è arrivata prima in stanza.
Anche se è stanca, ed affaticata, i suoi occhi non mentono, esprimono commozione, gioia, e amore.

L’orario delle visite sta per scadere, Bob e Virginia, hanno già lasciato la camera per andare a far visita a Billy, che è otto stanze più avanti sullo stesso piano.

Aurora, prima di congedarsi da Pierluigi, gli ha detto che andrà a dormire in un hotel a due passi dall’ospedale e che il generale Gate non ha voluto sentire ragioni per il pagamento della camera con la cena compresa.
Poi, si raccomanda con Pier di telefonarle per qualsiasi evenienza e qualsiasi cosa lui possa avere bisogno, e gli lascia il numero dell’hotel.

(Belli gli smartphone, vero?)

Si salutano e va via.

Aurora ha una stretta al cuore nel vedere lì Pierluigi in quel letto.
È triste, addolorata, un po' frastornata, trattiene le lacrime per non dare maggiori preoccupazioni a Pierluigi, e come se volesse fuggire da una situazione che gli provoca disagio esce dalla stanza in fretta.
Arriva all'ascensore, e lacrime calde scendono a segnarle le guance.
Le asciuga con le sua dita lunghe ed affusolate, tira su col naso mentre apre velocemente la borsa che ha con sé per cercare un fazzoletto che possa asciugare e sopprimere quel dolore.

Ancora una separazione, ancora un distacco forzato. Quant'angoscia, ha provato su quell'aereo durante quel volo interminabile, e quanti fremiti di paura ed ansia le hanno attraversato il cuore, mentre in taxi raggiungeva l'ospedale, dall'aeroporto JFK, per correre dall'uomo che le sta sconvolgendo la vita, il suo uomo/bambino.

11

Sabato 10 agosto 1991, ore sedici e trenta, Staten Island, a casa di Virginia, venti giorni post intervento.

In giardino, all'ombra riparati dal sole, ci sono sdraiati su due lettini di tela, con schienali rialzati a mo' di poltrona, Pierluigi e Billy.

Entrambe sono liberi da cateteri vescicali, ed anche i punti sono stati tolti; hanno solo delle garze e dei cerotti a coprire un po' le ferite.

Il primo, con indosso una t-shirt blu con la scritta stampata *Fruit of the Loom* (è un regalo di Aurora, comprato da Macis, i grandi magazzini Americani) e dei bermuda bianchi di lino leggero.
I suoi riccioli morbidi vengono sparpagliati da leggere raffiche di vento caldo che si susseguono irregolari e che fortunatamente permettono di esalare di tanto in tanto aria più fresca e respirabile.
L'afa e il calore sono davvero insopportabili.
È in via di guarigione ed anche il suo viso ha ripreso a splendere. Mostra di nuovo tutta la sua bellezza, mediterranea.

Il secondo è di fianco, sulla sinistra di Pierluigi.
Li divide un tavolino con sopra dei succhi di frutta posti al centro.

Anche Billy indossa una t-shirt e bermuda, tutto color crema.
È magro, pallido, bianco, occhi incavati.
Dal pallore e dalla trasparenza della sua pelle si possono intravedere le vene, sia sulle braccia che sulle gambe.

Nonostante tutto è sorridente, anche se il suo aspetto spaventerebbe, a prima vista, uno sconosciuto inconsapevole delle sofferenze da lui patite.
Ora nel suo viso c'è gioia.

Finalmente anche per Billy un barlume di speranza per una vita futura più serena e felice prende concretamente forma.

I due parlano di cose futili, giocano e si divertono a chiedersi il significato di questa parola e quell'altra, più che altro se le ripetono aiutandosi anche con dei gesti per capirsi.
Ripetono le parole per almeno due o tre volte, dato che Billy parla americano e Pierluigi non ha ancora la piena padronanza dell'inglese.

Pierluigi, nel dialogare e giocare con lui, ritrova una certa innocenza di adolescente che troppo presto ha dovuto abbandonare.

Osserva Billy che finalmente sorride e finalmente come ogni adolescente sprizza energia attraverso i suoi occhi.

Occhi che per molto tempo e troppe volte sono stati colmi di lacrime, colmi di tristezza, colmi di dolore, velati da una malinconia atroce, proprio come i suoi.

Pierluigi riflette sul fatto che Billy, oltre ad aver dovuto sopportare le sue gravi patologie e condurre una vita fatta di ospedali, speranze, desideri, illusioni, e delusioni, più dolori che gioie, ha dovuto subire anche la perdita prematura ed inaspettata del padre.
Quel padre che Pierluigi non ha mai avuto.
Lo stesso padre che Pierluigi non ha mai vissuto e saputo di avere.

Lo osserva, e prova ad immaginare cosa abbia provato Billy a stare sulle ginocchia del padre, ad essere abbracciato dal padre, o ad aver condiviso con lui quella piscina dove ora loro giacciono.
Ad essere accompagnato il primo giorno di scuola.
Ad essere tenuto per mano per strada.
Ad essere confortato per la prima caduta dalla bici, o a raccontargli fiero del primo strike da lanciatore, al parco con gli amichetti.
Prova ad immaginare come sarebbe stato bello anche per lui saper cosa rispondere, quando il mondo invadente e crudele gli chiedeva chi fosse e che aspetto avesse il padre.
Cosa avrebbe significato per lui avere un punto di riferimento sul quale appoggiarsi o gettarsi a braccia aperte incontro per superare le prime difficoltà.

Ricorda cosa aveva provato una volta in prima media.

Era il primo giorno di scuola. Erano in palestra, dove vi erano adunati tutti gli alunni iscritti, e a un certo punto erano stati chiamati per cognome per formare le classi.
Arrivati tra i banchi dell'aula, le due, tre professoresse di quella sezione avevano cominciato ad interrogare i ragazzi sulla composizione del loro nucleo familiare.
Che lavoro facessero i genitori, indirizzo di casa e così via.
Ricorda che quando era arrivato il suo turno si era sentito imbarazzatissimo.
Le guance presero fuoco e dovette rivelare davanti a tutti che lui viveva solo con la madre, che portava il cognome di lei (Russo) e che del padre non sapeva nulla.
La cosa era stata vissuta come un trauma.
Ci erano voluti parecchi mesi prima che i suoi nuovi compagni smettessero di prenderlo in giro, con sorrisini maliziosi e cattivi, per quanto lo si può essere a tredici anni.
Cerca di immaginare quante cose lui non ha potuto provare e quante altre ne avrebbe potute fare, se il padre non lo avesse abbandonato.

Mentre riflette su tutto ciò, con una punta di dolore che gli attraversa il cuore, riflette anche, sul fatto, che Billy ora è accomunato dai suoi stessi sentimenti, anche se in modo diverso e forse più dolorosi.

Entrambi ora sono orfani di padre.

Billy però, anche se per poco, ha condiviso una piccola parte della sua vita con il padre, lui no.
Lui non sapeva nemmeno di avercelo un padre.

Si chiede anche se sia più doloroso conoscere un padre e poi perderlo piuttosto che non aver mai saputo nemmeno che esistesse.

Poi fa un altro pensiero.

"Almeno Billy ha ancora la madre… ancora", sospira.

Tante domande e tormenti affollano la mente di Pierluigi, tante emozioni si susseguono.
Comprende che sta maturando.
Comprende che il mondo non è solo in bianco e nero come lui ha provato a dividerlo fino a quel momento.
Comprende che ci sono anche altre sofferenze oltre la sua.
Comprende che, forse, ci sono sofferenze addirittura più grandi, e che non passano mai.

Aurora è seduta su un altro lettino, alla destra di Pierluigi, è esposta al sole.
È accanto all'ombra che serve per coprire i due convalescenti.
Indossa un costume due pezzi, rosso e verde a fantasia; è già abbronzata, le è bastato un giorno e mezzo di esposizione.
È raggiante, bella più che mai, sembra aver ritrovato la serenità, il vigore, la solita sensualità; il suo viso è

finalmente più disteso, il sole pare le abbia ridato energia ricaricandola.
Di fronte, a pochi metri da loro, ci sono Bob e la moglie Sandra, intenti a fare un cruciverba.

In piscina, a giocare con una palla e a fare casino, ci sono Sean e Stacy, i figli di Bob e Sandra.

Virginia, forse per l'eccitazione e per l'ansia che ancora non l'ha abbandonata del tutto, non riesce a stare seduta per più di cinque minuti, e va avanti e indietro dal giardino alla casa, ora a prendere qualche bibita, ora qualche biscotto salato. Lancia sguardi d'amore verso Billy, che ricambia con sorrisi e baci volanti.

Più in disparte, ma non troppo lontano, su una sedia a dondolo, protetta dai raggi del sole, siede il Generale Gate.
È vedovo della moglie ormai da sette anni, un ictus l'ha stroncata.
È intento nella lettura di un quotidiano.

Di fronte a loro, a prendere il sole a pancia sotto sopra un materassino gonfiabile con un bikini bianco, con i capelli mogano racchiusi in un elastico, e tenuti su a coda di cavallo, c'è Anastasia.
Ogni tanto ripiega la parte bassa della gamba destra indietro, lasciando il ginocchio appoggiato.
Allunga il collo del piede puntando le dita verso l'alto, facendo irrigidire il polpaccio, ondulandolo ora avanti e indietro poi a destra e sinistra delicatamente.

Questo movimento fa sì che i due glutei turgidi e abbronzati si contraggano.
La pelle a guardarla sembra liscia e vellutata, è colorata al punto giusto, è spalmata di un abbronzante a base di carota.
Lo slip del costume, di tanto in tanto, a seguito di quei suoi sensuali ed innocenti movimenti le si ficca nella fessura tra i due glutei, arrivando più in profondità del normale.

Lei, con nonchalance, fa scorrere l'indice all'interno del bordo, per tutta la sua lunghezza, rimettendolo a posto, ma così facendo, scopre le sue parti più intime, per pochissimi attimi di secondo, inconsapevole di creare con quella manovra particolare palpiti ed eccitazione a Pierluigi, che di sottecchi la osserva, ma con discrezione, per non dar modo ad Aurora, che è di fianco, di accorgersi delle sue fugaci occhiate.
Il tutto mentre pensa tra sé e sé:

"Queste Americane sono proprio strane".

In effetti, ha notato che il senso di pudore tra queste donne e quelle Italiane è davvero diverso.
Queste, in effetti, sono più aperte, più sfacciate, si preoccupano meno di coprirsi.

Pierluigi, guardandosi attorno, respira un'aria nuova. Un'aria, per lui, sconosciuta e misteriosa fino a quei momenti.

Non ha mai provato quella sensazione di trovarsi tutt'attorno persone della stessa famiglia, pensa e si chiede se quella è l'aria familiare, se quella è l'armonia familiare.
Cerca di capire cosa voglia dire essere circondati dagli affetti familiari.

Sono tutte nuove sensazioni per Pierluigi, che ha vaghi e remoti ricordi lontani della sua infanzia, piuttosto solitaria, e a tratti dolorosa.

Ora tutto è diverso, ora, si ritrova con persone di cui fino a qualche giorno prima ignorava persino l'esistenza.
Persone che sono lì, fisicamente, e lo circondano, un gruppetto di cui lui è parte.

Cerca anche di immaginare come sarebbe stata la sua infanzia da persona normale, con un nucleo familiare normale, con dei nonni, paterni e materni, con un padre e una madre innamorati, intenti a scambiarsi effusioni amorose, intenti a fare progetti e ad organizzare viaggi e vacanze tutti assieme.

Pierluigi ha tante domande, le cui risposte non ci sono, e forse mai le avrà.
Ha tanti interrogativi, tanti quesiti: per certi versi vuole andare avanti e lasciarsi quegli interrogativi e quelle domande inevase alle spalle, per altri si guarda intorno e si chiede se è giusto che lui sia lì, se è giusto guardare avanti seppellendo il passato, cercando di nasconderlo

"sotto la sabbia", di tenerlo celato come ha cercato di fare fino a quel momento per vivere una vita, almeno apparentemente, normale.
Pensa a quanto dolore ha provato nella sua vita.
Essa, se pur ancora agli albori (in fondo Pierluigi ha solo ventisette anni), gli ha lasciato già tanti segni indelebili.

Adesso si trova difronte a nuove emozioni.
In passato ha scoperto il dolore più profondo.
La perdita della madre, in modo brutale, misterioso, crudele.

A mio avviso, il dolore della perdita di un genitore, è superato solo dalla perdita di un figlio quando il corso naturale della vita viene capovolto.

Oggi scopre cosa si prova ad essere circondati dai parenti.
Ha provato la gioia del sesso, e forse dell'amore con Aurora, almeno lui così crede, visto che non ha avuto molte altre esperienze.
Ha provato la gioia della realizzazione nel lavoro, è divenuto capo squadra, è, responsabile.
Si è emozionato positivamente quando ha viaggiato, quando ha volato in aereo, quando ha ammirato paesaggi da lassù in alto, a diecimila metri d'altezza.
Quando ha visto tramonti, aurore, albe.
Quando ha visitato musei, opere d'arte e quadri, quando ha letto libri, quando ha ascoltato musica.
Ha scoperto altri modi di vivere e di concepire la vita.

Ha scoperto nuovi modi per emozionarsi, ed emozionare, ha scoperto l'altruismo che fino a due settimane prima non pensava neanche di avere tra i suoi pregi.
Ha scoperto, forse, davvero, quali sono i piaceri della vita, la vita vera, quella fatta di cose semplici, mai banali, e forse ha provato un brivido di vera libertà.
Ha scoperto, suo malgrado, che il peggio è sempre dietro l'angolo, e soprattutto il peggio è sempre per chi muore e per chi non c'è più.

In fondo, la sua vita, se pur segnata e sfregiata, è andata comunque avanti, mentre quella della madre è stata interrotta bruscamente, strappata e gettata via, così come quella del padre.

E chissà, se lei ora da lassù lo guarda e lo ammira per quello che ha fatto.
E chissà lei cosa gli avrebbe consigliato di fare.

Quasi sicuramente gli avrebbe detto di percorrere la strada che ha preso.

Ha scoperto che una vita è sempre una vita e vale sempre la pena viverla, fino in fondo, appieno, senza rimpianti, senza se e senza ma, semplicemente con amore gioia, e passione, cercando di dare senza aspettarsi nulla in cambio.

E mentre Pierluigi inciampa in queste riflessioni esistenziali viene chiamato dal generale Gate che, con un cenno del capo, chiama a raccolta anche Bob. Probabilmente ha necessità che questi faccia da interprete tra loro.

12

Venerdì 30 Agosto 1991, ore 17:00

Pierluigi si appresta ad accompagnare Aurora all'aeroporto.

Bob guida la sua auto, un pick up Ford di colore nero.
Pierluigi gli è seduto affianco.
Aurora dietro, al posto che di solito occupano i ragazzini di Bob.

È anomalo per noi italiani ed europei vedere i modelli delle macchine americane.
Sono enormi e di cilindrata potentissima.

Il volo di Aurora è alle ventuno e quindici, prima direzione Roma Fiumicino, poi Napoli Capodichino.

I posti in macchina sembrano voler assegnare ai tre protagonisti di questa storia un ruolo preciso:

Bob conduce la macchina, la guida, conosce le strade e sa dove andare deciso, sicuro, senza indugi, appagato.

Pierluigi si lascia portare e sta cercando di imparare la strada da percorrere autonomamente, durante la quale pericoli improvvisi, frane, buche, salite e discese gli si mettono davanti per sbarrargli il cammino.
Ma lui è tenace non demorde, non vuole fermarsi a nessun costo.

Pierluigi ama la vita e vuole dominarla.

Aurora, anche lei trasportata, credeva di aver trovato una strada, dopo aver superato molti ostacoli, più liscia meno tortuosa.
Ma poi, giusto nel mezzo del percorso, è stata travolta da un Tir che a forte velocità l'ha scaraventata fuori dall'abitacolo, e le ha fatto perdere il controllo.
Ha smarrito la strada ora è in un labirinto dal quale non riesce ad uscire.

Ora si appresta a rientrare a casa, mesta, con chi sa che qualcosa ha lasciato, e che qualcosa è cambiato per sempre, e forse non potrà più essere come prima.

È pallida, sul viso segni di dolore e dispiacere, soprattutto per la crudeltà dell'indifferenza ormai chiara di Pierluigi nei suoi confronti.

È sconfitta nell'anima e nel cuore, nonostante ci abbia messo tutto se stessa e tutta la sua forza per non perdere l'amore, è andata com'è andata.

Quante emozioni, in queste due settimane trascorse, anche per lei.
La gioia di riabbracciare il suo amore, dopo momenti di ansia, e di angoscia, vissuti durante un viaggio interminabile lungo e faticoso.
La gioia di rivederlo, di stringerlo, di annusarlo, di assaporare le sue labbra, di stringere forte le sue mani.

D'altronde Aurora lo aveva temuto, lo aveva anche immaginato.
Ma poi aveva cercato di ricacciare indietro via subito dalla mente quel verme infettivo che si insinuava nei sui pensieri, nel suo profondo io.

Ah, quanto è difficile combattere il proprio istinto, quanto è difficile accettare che esso aveva ragione.

Diciamocelo fino in fondo: le prime impressioni sono quelle che poi non sbagliano mai, gli inglesi lo chiamano erroneamente imprinting, che parola insoddisfacente e incompleta per chiarire un concetto così difficile da accettare.

Imprinting in realtà è l'apprendimento di base.
Ma, in questo caso, è la prima immagine che si vede di una persona e che ti resta nella mente, che, analizzata assieme al linguaggio del corpo, il cervello cataloga basandosi sull'esperienza, sul background, sul vissuto, e quindi classifica.
La dispone in una casella di una griglia immaginaria della nostra mente.
È difficile accettarlo, ma razionalmente, questa elaborazione di solito non sbaglia mai.
Infatti, una volta che il cervello ha affibbiato un giudizio ad una persona, difficilmente cambia idea.
Solo il cuore riesce nel miracolo a volte di far cambiare il giudizio e l'idea che ci si è fatti su qualcuno.
Dicono anche che sia un fatto di chimica di energia, energie che si scambiano.

Beh credo che questa sia una delle tante meraviglie, e uno dei più grandi misteri della nostra vita.
Perché scegliamo un tizio piuttosto che un altro?
Va be', lasciamo perdere questo è un altro argomento.

Aurora lo aveva temuto, dicevo, sull'aereo, quando aveva visto Bob, così loquace, così smielatamente affabile con loro.
Quando questi aveva chiesto a Pierluigi di uscire solo con lui, quando aveva fatto i biglietti solo per loro lasciando lei a casa.
Sì, lo aveva temuto e non si era sbagliata, quell'uomo è la causa dello sconvolgimento totale della sua vita, della fine del loro amore, almeno così è per ora.

Quell'uomo è la causa del suo ritorno verso casa da sola, ad affrontare un nuovo e lungo viaggio faticoso.
Ma questa volta non c'è nessuna urgenza, nessuna fretta di arrivare, nessun'ansia.
Ad aspettarla, o da raggiungere non ci sarà nessuno, tranne che una donna, una donna sola, la madre.
Una madre che non immagina che notizia le stia per arrivare, una madre che è vissuta nel suo mondo, chiusa in un'esistenza ovattata, protetta dai dolori della vita se non quelli dati dal percorso naturale dell'esistenza stessa, e che ora potrebbe sconvolgersi per una verità troppo cruda, e distruttiva.

Aurora è affranta, ancora non ha deciso se rivelare alla madre quanto ha appreso; vuole appurare, accertare, prima di consegnarle quello che lei tragicamente ha vissuto in quelle due settimane.

Non sa, se lasciare così le cose come stanno, “sospese”, oppure parlare e raccontarle, e mettere a nudo la scottante e cruda verità.

Mentre la sua mente e il pick up viaggiano, il suo sguardo attraverso il vetro della portiera posteriore, perso nel vuoto, incrocia un panorama mozzafiato.
Lì, come a mostrar tutta la sua maestosità e la sua fierezza davanti ai suoi occhi, si estende il ponte di Brooklyn, grigio, scuro, con i suoi due archi poderosi, e con tutti gli allacciamenti di acciaio che lo avvolgono all’unisono, la bandiera americana che sventola su una delle arcate a simboleggiare la potenza e la fierezza di questo popolo, che se pur bastardo nelle sue origini è sempre pronto, orgoglioso, tutto unito a difendere la propria libertà, i propri ideali.

Aurora, nel vedere quel panorama, viene attraversata nel corpo e nel cuore in un baleno da un ricordo che sembra essere assai lontano, mentre invece era stato vissuto lì, sì, proprio lì, appena un mese prima.

C’erano passati, c’erano stati, da pochissimo lei e Pierluigi, “il suo amore” ma sembra ormai passata un’eternità.
Felici, spensierati, innamorati a scattare foto e a gioire delle cose più futili e semplici, a rincorrersi e a nascondersi in mezzo a visi sconosciuti, così, a giocare

quasi con un'allegria infantile e leggera, senza pensieri né preoccupazioni, senza patemi, né angosce, senza sapere cosa, di lì a poco, la vita gli avrebbe riservato.

Ah, come cambia la vita in poco tempo,
pensa Aurora,
Ah, com'è triste la cruda realtà,
Quei ricordi di quei momenti le fanno male, così come il viaggio che sta percorrendo con la mente, voracemente e velocemente, e vorticosamente, su tutti gli anni che ha vissuto con Pierluigi.

Come un lampo, con la velocità di un fulmine rivive quei flash di vita vissuta con il suo uomo/bambino, degli ultimi quattro cinque anni.
Da quando neanche si accorgeva di lui, alla prima volta che avevano fatto l'amore, a come Pierluigi aveva saputo prenderla, conquistarla, a farla lasciare andare così come mai nessuno dei tanti uomini avuti in precedenza c'era riuscito.
In fondo come Pierluigi aveva saputo dominarla e al tempo stesso portarla su livelli più alti e assoluti di godimento, mai nessuno vi era riuscito prima.

Quel ragazzo dai riccioli neri sempre sconvolti, quel ragazzino dallo sguardo acuto e furbo, dolce e malizioso, quell'uomo che aveva subito già così tanti torti dalla vita, e che aveva saputo reagire, rialzarsi, dopo le sberle e gli schiaffoni che avrebbero messo ko il più forte pugile.

Quell'uomo che al momento giusto la sapeva dominare, controllare, e gestire le situazioni.
Quell'uomo che aveva ancora bisogno di lei, o forse no, ora non più.
Quell'uomo, che aveva donato un suo organo, si era sottoposto ad un'operazione rischiosa per salvare un altro piccolo uomo, senza nemmeno averlo mai visto prima, senza nemmeno conoscerlo.

Trema Aurora, i suoi muscoli sono tesi come corde di archi dopo lo scocco, l'aria condizionata della macchina non l'aiuta a trovare quel calore di cui ora avrebbe bisogno, ogni metro che il pick up percorre verso l'aeroporto JFK le fa aumentare il dolore al ventre e allo stomaco.
La disperazione è tale che anche il sole più splendente, e il cielo più terso che New York avesse potuto regalare per quell'addio, sembrano cupi e neri, alla sua vista.
Ah quanti scherzi che fa l'umore, quante volte ci oscura la vista e ci fa perdere la lucidità, ed invece che apprezzare ed ammirare tutto ciò che ci circonda, riusciamo a percepire solo negatività e tristezza.

In fondo, se ci pensiamo, l'umore ci cambia le giornate, ci fa passare da un sorriso alla tristezza, ci condiziona la vita, spesso non ce ne accorgiamo neanche.
Perché??

In fine, come colpo di grazia, ecco che dalla radio arrivano le note di *Careless Whisper* di George Michael a straziarle ulteriormente il cuore, a farle tornare in mente quando una volta sulle note di quella meravigliosa melodia avevano ballato lei e Pierluigi spensierati, stretti corpo, a corpo, in un locale di Parigi, a Place dell'Étoile e si erano baciati e giurato amore eterno.

Careless Whisper

Il tempo non può mai sanare
le conseguenze di dicerie negligenti
specialmente se sono di un buon amico
verso il cuore e la mente, l'ignoranza è gentile
non c'é conforto nella verità
tutto ciò che troverai, è sofferenza

avrei dovuto saperlo meglio, sì

mi sento insicuro
quando prendo la tua mano
e ti conduco sulla pista da ballo
quando la musica muore, qualcosa nei tuoi occhi
richiama nella mia mente uno schermo d'argento
e tutti i suoi tristi arrivederci

non ballerò mai più
E' colpa dei miei piedi che non hanno ritmo
benché sia facile fingere
so che non sei uno stupido
avrei dovuto sapere meglio
che imbrogliando un amico

sprecavo la possibilità che volevo mi fosse data
quindi non ballerò mai più
nel modo in cui ho ballato con te

il tempo non può mai sanare
le conseguenze di dicerie negligenti
specialmente se sono di un buon amico
verso il cuore e la mente, l'ignoranza è gentile
non c'é conforto nella verità
tutto ciò che troverai è sofferenza

mai senza il tuo amore

stanotte la musica sembra così alta
vorrei che fossimo lontani da questa folla
forse è meglio cosi
ci saremmo feriti l'un l'altro
con le cose che avremmo detto
potevamo stare così bene assieme
potevamo vivere questo ballo per sempre
ma ora chi ballerà con me?
ti prego resta

adesso che sei andato via,
adesso che sei andato via,
adesso che sei andato via...

cos'ho fatto di così sbagliato, così sbagliato
che tu mi hai lasciato solo?

Pierluigi, è anch'egli dolorante, non tanto per la ferita dell'intervento subito, che pur gli dà di tanto in tanto delle noie, ma più che altro per tutta la situazione che si è venuta a creare.

Neanche lui si aspettava una cosa del genere, neanche lui immaginava una cosa così crudele.

"Qualche" giorno prima

Quando il generale Antony Gate gli mostra le prove raccolte, estraendo le foto da quel faldone spesso quanto un libro di Fëdor Michajlovič Dostoevskij, neanche lui vuole credere ai suoi occhi; per un momento è sopraffatto, e barcollante, con il respiro bloccato; impiega buoni sessanta secondi e più prima di mettere a fuoco cosa stesse vedendo.

Le foto mostrano tre donne tra cui una è Katia, tutte e tre brutalmente violentate ed assassinate.

I loro corpi sono tumefatti, ed addirittura una di loro, la prima vittima di quei tre delitti, la più giovane, ha delle lacerazioni ai polsi, ed alla caviglia destra; segni inequivocabili che la poveretta era stata legata e tenuta prigioniera per chissà quanti giorni prima di morire ammazzata.
I pidocchi le avevano invaso la testa; c'è scritto sul referto;

“Trovata in una campagna abbandonata, da un contadino”

che passando col suo trattore di là, una mattina di primavera, aveva sentito un odore acre, forte e pungente.

Il poveretto aveva pensato si trattasse di qualche carcassa di animale morto; invece purtroppo aveva scoperto che si trattava di un corpo di un essere umano, una donna, o quello che ne restava, visto che i roditori ci avevano banchettato sopra.

Anche la seconda vittima è giovane, ma non mostra segni che facciano pensare che fosse stata legata, bensì, purtroppo, mostra come tutte e tre segni di violenza.

Violenza intima, quella più crudele che un essere umano possa infliggere ad un altro essere umano.

La violenza carnale, quella che anche se sopravvivi ti ha comunque ucciso, ti spezza l’anima, ti trafigge e ti lascia una punta di dolore perenne fissa nel tuo corpo oltre che nella tua mente. Quel corpo che spesso ci dimentichiamo sia custode di un’anima, oltre che essere l’involucro di un essere umano stesso.
Quel corpo che, dopo che hai subito una brutalità simile, ne faresti tranquillamente a meno.
Quel corpo che è stato malgrado tutto causa di male, e che ti tiene prigioniero.

Quel corpo, così miracolosamente ed incomprensibilmente perfetto, che spesso lotta contro l'anima, e gioca a fare la guerra per vedere chi prevale, e chi la vince.

Anche la seconda vittima è giovane, ma un po' più robusta delle tre, quindi, sicuramente almeno non aveva patito la fame.

La terza, la conosciamo.

Nel faldone le prove riconducono a due tizi, due maschi.
Un uomo di legge, di mezz'età.
L'altro, un uomo più anziano, un ex militare dell'Esercito Italiano in pensione.

Due farabutti accomunati dallo stesso macabro vizio, dalle stesse deviazioni mentali, e dagli stessi orribili rituali.
Solo per gioco, solo per divertimento. Solo come passatempo.

Avevano, a distanza di diversi anni, tra un delitto ed un altro, ammazzato tre giovani donne, in tre località diverse, ed in tutti e tre casi le indagini non avevano condotto a nulla.

Ma la cosa ancora più strana e paradossale era che tutti e tre i casi, pur presentando più o meno la stessa metodologia, la stessa dinamica e tutti con sfondo di violenza sessuale, non erano mai stati accomunati e considerati affini, e per modalità e per brutalità, e mai nessuno aveva neanche considerato l'ipotesi che si potesse trattare di omicidi condotti dalla stessa mano, o dalle stesse mani.

Il generale, dopo la morte del genero Peter, come detto, aveva rinvenuto nella cassetta di sicurezza di quest'ultimo nascosta in garage alcuni documenti riguardanti Pierluigi, e la madre.

In seguito, il generale era entrato in possesso di tutte quelle altre informazioni, precise e dettagliate, perché aveva incaricato personalmente un agente segreto di indagare sulla morte della giovane madre di Pierluigi.

Devo dire che l'agente, a differenza di altri, era riuscito in un lavoro egregio e certosino.

Il generale, venuto in possesso di quelle prove chiare e schiaccianti, e per certi versi anche scottanti, non era potuto intervenire, né andare oltre.
Primo perché l'Italia, in fatto di giustizia, non era (e non è purtroppo) gli Stati Uniti.
Secondo perché aveva subito pesanti pressioni, lui ed il suo uomo investigatore, affinché se ne stessero buoni.

Forse qualcuno in Italia non voleva si sapesse che uomini di giustizia e di legge, rappresentanti dello Stato, avessero commesso atti così macabri e brutali, privi di ogni raziocinio, e umanità.

Uno dei due carnefici probabilmente esercitava ancora la sua professione; si tratta di un poliziotto di servizio a Napoli nella caserma centrale.
Pare però che, una volta rimasto solo, senza più la spalla del suo amichetto di giochi, oramai passato a miglior vita (ringraziando Dio), avesse, come dire, accantonato quell'hobby.

Mentre, immagino, avrete già capito chi fosse il militare morto: il tenente Anzovino.

Il povero tenente, in pensione, annoiato, frustrato dalla mancanza di potere, indifferente alle figlie, con una moglie ormai anziana e semplice, mai consapevole di quale orco avesse a fianco, poteva mai immaginare che un giorno i suoi orrori si sarebbero ripercossi sulla sua tanto amata e testarda figlia, oltre che su tutta la sua famiglia?

Il poveretto avrebbe mai immaginato che un agente americano impiccione, ma scaltro e determinato, avrebbe portato alla luce le sue malefatte?

In effetti, i due le avevano occultate bene le prove, almeno così speravano.

Innanzitutto, gli omicidi li avevano commessi ogni due o tre anni, in modo che le indagini non potessero portare alla stessa matrice.
Poi li avevano commessi su donne che abitavano nel raggio di ben mille chilometri.

I corpi, martoriati, li avevano gettati nelle campagne aperte, in modo che la decomposizione naturale, gli animali, e il tempo, facessero il loro lavoro per bene.

(Necessita rammentare che all'epoca non esistevano cellulari, e i computer erano ancora grosse scatole grigie ingombranti, e la scientifica non possedeva tutti i mezzi sofisticati di oggi. Internet era un miraggio, i modem impiegavano anche dieci minuti, per un collegamento. Altri tempi.)

In fine poi avevano scelto la terza vittima forse valutando anche bene i rischi che correvano.
In fondo, chi avrebbe rivendicato quella scomparsa, o gridato giustizia?

Un ragazzino di diciotto anni?

D'altronde, quella donna non aveva in passato macchiato la sua purezza, concedendosi ad un marines ed addirittura era stata allontanata dalla famiglia per suoi "facili costumi", ed era rimasta incinta?

Dai, che vergogna!

Quella donna andava punita, e che diamine. No?

Ecco, questo è il quadro messo davanti al povero Pierluigi ed alla povera Aurora; ad un certo punto credono di osservare *Guernica* di Pablo Picasso!

Subiscono un tale bombardamento degno di questo capolavoro ed un tale shock che devono sedersi e sprofondare sulle comode poltrone dello studio del generale Antony per non finire distesi a gambe in aria.

Pierluigi ora ha due possibilità:

La prima: portare le prove in Italia, e far riaprire i casi, per almeno far arrestare uno dei due orchi, che ancora girava impunito e libero.

La seconda: restarsene in America e godersi un po' quei parenti che fino ad allora lo avevano rinnegato, trovarsi un nuovo lavoro, per così coronare quel sogno di allontanarsi da quel paese e da quella splendida città che amava tanto, ma che ogni giorno diventa sempre più un far west con guerre di camorra.

Qualsiasi scelta, ovviamente, avrebbe portato dolore, sacrificio…

È, di nuovo, tormentato, di nuovo messo davanti a delle scelte, mai facili, mai linde, mai indolori.

In effetti, qualunque decisione Pierluigi prenda, porterà, in ogni caso e comunque, alla separazione da Aurora, che sì, ama tanto, ma dopo quegli eventi, è divenuta un alieno da osservare da lontano.

Di nuovo venerdì 30 Agosto 1991, ore 17:00

Immaginate quali tormenti e dolori fustigano i ragazzi.

La pace non appartiene all'animo umano, è vero.
Specie all'animo più sublime, più sensibile e conscio della grandezza del mondo, e della vita stessa.

Immaginate i più grandi capolavori d'arte che in esso sono contenuti, i paesaggi meravigliosi che ci regala, ed anche quelli che la natura ha saputo armonizzare e creare.
Immaginate quei paesaggi fatti dall'uomo stesso, come le baie appositamente plasmate.
La baia di Sydney, di Singapore, di Hong Kong, di New York, di Dubai, dove l'acqua e la materia scientemente lavorate si confondono all'unisono come se fossero un corpo solo.
Chi non le ha mai viste può mai desiderare di rivederle, o di ritornarci?
Chi non ha mai visto quei capolavori può mai desiderare di emozionarsi di nuovo, nel rivederli?

Queste anime tutta la vita sono sempre in ansia, in affanno, rincorrono i luoghi più disparati, affrontano viaggi, paure, guerre, angosce, tensioni, superano barriere, ostracismo, perplessità, vanno avanti sempre e comunque a volte anche contro tutto e tutti, per conoscere, sapere, per godere, scoprire, osservare, respirare, toccare, calpestare, amare, ammirare, ed in fondo entrare in possesso di quelle nozioni d'arte, di musica, di storia, di usi di popolazioni lontane, di modi di vivere, modi di amare, modi di pregare, modi di pensare ed affrontare la vita, per denunciare, per far conoscere e per portare alla luce - come fanno alcuni reporter che vanno sui campi di battaglia, rischiando la propria vita per mostrare all'umanità intera - la verità.

Non vi è pace per queste anime, per chi ha sete di giustizia, non vi è pace per chi ha sete d'apprendere, non vi è pace per chi ha ardore di conoscere ed esplorare nuovi confini, nuovi mari, nuove terre.
Non vi è pace, per coloro che fremono di gelosia, per coloro che fremono di desiderio carnale, per coloro che fremono di passione.
Non vi è pace per gli esseri che non si accontentano di percorrere sentieri in discesa e già tracciati, non vi è pace per coloro che osano e vibrano davanti alle note più soavi di un'operetta lirica, o ad un concerto di musica pop, un concerto rock, soul, o jazz che sia, oppure ascoltando il loro cantante o gruppo preferito.
Non vi è pace per gli amanti, e per tutti coloro che vivono appieno la vita come se ogni giorno fosse l'ultimo, come a combattere una guerra impari, contro il tempo tiranno, che alla fine, ahimé, vince sempre.

In fondo, se ci pensiamo, più conosciamo, più nozioni abbiamo, più esperienza si è accumulata, più viaggi, cultura, arte, e cose belle abbiamo avuto modo di scoprire, più amori abbiamo provato, più siamo angosciati dai paragoni, dai confronti, dalle diversità che abbiamo osservato, dalla paura che un giorno tutto per noi sia perduto, dal timore di non riuscire a soddisfare la nostra avidità del sapere.

Pensateci, chi non ha nulla è il più potente, non ha paura, non ha timore, non ha angoscia, cos'ha da perdere?

Chi, invece, ha accumulato ricchezza, chi ha lavorato, tramato, rubato per arricchirsi è colui che più teme per i suoi averi, colui che è sempre con la guardia alta, sempre vigile, come se il tempo fosse eterno, e come se i beni materiali si potessero trasferire nell'al di là.

Viva l'ignoranza, viva chi non è mai uscito dal suo paese, viva chi ha amato una sola volta ed una sola persona, viva chi ha studiato poco, e poco ha compreso del genere umano.
Viva chi non si angoscia e lascia scorrere il tempo come il bruciare lento del tabacco di un sigaro Havana, dimenticato sul posacenere.
Viva la mediocrità. Ci risiamo:

E VOI CHE FARESTE?

13

Arrivati all'aeroporto, Bob parcheggia in un'area attigua dicendo che resterà lì ad aspettare Pierluigi, poi scende dall'auto, saluta Aurora, le dà una stretta energica e calorosa.
La ragazza per educazione lascia fare, ma proprio non riesce a ricambiare quel gesto.
In fondo quell'uomo da quando è comparso nella sua vita ha portato solo tormento, vento gelido e tempesta.

Pierluigi cammina trasportando la valigia di Aurora un passo più avanti di lei, come a volerle fare strada; ogni tanto avverte delle fitte che provengono dal suo basso ventre e dal fianco.

Fisicamente è dolorante e ferito, ma quel dolore prima o poi passerà; il dolore più grande è nel suo cuore, nella sua testa, nella sua anima.

Quanto è vero che la convalescenza, con il ricovero in ospedale, l'immobilismo in un letto, il confrontarsi con eventi sconosciuti a cui mai si pensa, è come una ristorazione dell'anima.
Inevitabilmente ti cambia ti lascia quella consapevolezza della vita; se ce l'hai, ti riaccende la fede, ti fa ritornare la voglia di pregare, la voglia di vivere più intensamente, ti fa comprendere che la vita non è eternità, ma un breve lasso di tempo in uno spazio enorme, infinito.

Che cosa sono, in fondo, settanta, ottanta anni, di fronte a centomila, un milione di anni?
Nulla, come a voler paragonare un piccolo pianeta di fronte alle galassie infinite, un lampo di luce nell'universo, un atomo, una cellula.

Cos'è mai l'amore per una donna o per un uomo che dura anche trenta, quarant'anni, di fronte all'amore eterno, di fronte all'amore che supera tempo e spazio?

Ci sono situazioni alle quali non riesci a dare una spiegazione, un perché.
Ci sono situazioni che non hai cercato e tantomeno voluto.
Il destino te le manda così, gratuitamente, di fronte alle quali non sai veramente come comportarti.

È paradossale quanto la vita sia meravigliosamente sbalorditiva, in entrambi i casi, negativo o positivo.

Pierluigi procede con passo svelto di chi deve sbrigare una pratica; il tempo sta per averla vinta.

Accelera: come al solito cerca di non pensare, di tenere sotto controllo le emozioni, anche quando passano davanti al monitor gigante che è ancora lì dall'ultima loro partenza per il rientro in Italia.
Trasmette la pubblicità della Coca-Cola con protagonista Michael Jordan - il campione di Basket, con la canotta rossa, numero ventitré - che salta davanti

ad una luna gigante per afferrare al volo una bottiglia della nota bevanda, per poi dissetarsi.

Pierluigi alzando la testa ricorda quella foto scattata circa un mese prima con Aurora proprio davanti a quell'immagine, cercando di cogliere il tempo giusto per immortalarla; solo che quando avevano portato a sviluppare il rullino, avevano scoperto che dell'immagine alle loro spalle si vedeva solo un'innumerevole quantità di strisce orizzontali e nulla più.
Ricorda la loro stupita e divertita espressione nell'ammirare il capolavoro che avevano fatto; ricorda la loro risata allegra e leggera, la sincerità e la purezza del loro amore che ormai sembra svanito.

Quell'immagine, ed il ricordo ad essa legato, per un attimo rapiscono i suoi pensieri, ma solo per pochi secondi; poi li allontana dalla sua mente e dal suo cuore - brutalmente, violentemente - quegli attimi di vita vissuta che ormai appartengono al passato, un passato così vicino ma che sembra molto, molto lontano, e deve essere scacciato via.

Spesso siamo portati a ricordare degli attimi di vita vissuta nel passato, così a caso, senza un motivo specifico. A me personalmente capita di ricordare momenti anche insignificanti, mentre invece avrei preferito che mi restassero nella mente attimi più importanti, più intensi, che ne so.

Ma invece la nostra mente, o almeno la mia, su quest'aspetto va da sola, incontrollata, e chissà per quale oscura ragione decide di memorizzare un flash piuttosto che un altro.

Ad ogni modo, il nostro amico procede a passo spedito ed Aurora quasi legata ad un guinzaglio immaginario arranca, dietro di lui, quasi, quasi vorrebbe rallentarlo per quanto forte e lancinante è il dolore che porta dentro di sé.

Ogni passo verso la porta d'imbarco, è un tormento crescente, ogni metro percorso, lasciando Bob, l'auto, l'ingresso del JFK alle sue spalle, è una stretta al cuore, già sa che probabilmente non riuscirà a trattenere le lacrime, ora che dovrà salutare Pierluigi.

Ed è proprio quel momento che angoscia sia mentalmente sia emotivamente tantissimo Aurora, quando, giunta al controllo passaporti, Pierluigi non potrà più proseguire oltre ad accompagnarla, e lei dovrà lasciarlo definitivamente.

È stato un percorso assurdo per entrambi, ma paurosamente delittuoso per Aurora, che si sente come il bue squartato di Rembrandt, appeso per le zampe, inerme, ad osservare, con gli occhi tristi, il suo sangue sgorgare a fiotti e chi gli sottrae la vita.
Così, con il dolore disegnato in viso, come vittima di un'ingiustizia che posta difronte al patibolo null'altro

può fare se non osservare e attendere la sua fine, Aurora si avvia verso il termine del lungo corridoio.

Mi ritorna in mente la storia di Luigi XVI re di Francia che si dilettò molto nello studio e nella modifica e nell'uso della ghigliottina, per perfezionarla, diceva lui. Poi durante la rivoluzione francese fu egli stesso vittima dello strumento di morte da lui prescelto per giustiziare i malcapitati.

In fondo, Aurora quanti cuori aveva infranto, e quanti uomini aveva mandato a casa con le ossa rotte.
Nel suo viso, nei suoi occhi, ora c'è la tipica espressione delle povere donne cubane che aspettano i turisti nella loro "casa particular", dove per una manciata di dollari accettano che la loro intimità venga violata.
La loro carne, il loro corpo, è solo merce di scambio che serve per sfamare e sostenere bocche e corpi più giovani, sempre più esigenti.

Eccola, si volta a guardare un pezzo del suo cuore che resta lì.

A guardare per l'ultima volta il suo amore, il suo tanto amato uomo/bambino, a cercare di carpire un segno, nel suo sguardo, che possa accompagnarla durante quel mesto e doloroso viaggio di ritorno, che le lasci una flebile e misera speranza.

La speranza, che magari il tempo possa appianare tutto, la speranza che Pierluigi comprenda e si ravveda sulla sua decisione, la speranza che il suo tanto amato ragazzo comprenda che anche lei sta patendo sofferenze atroci per una colpa non sua.
Una colpa che lei mai avrebbe voluto, e mai desiderato, per una colpa che le sta straziando l'anima, e lacerando la vita.

Mai la bella Aurora, avrebbe immaginato un momento così triste nella sua vita, neanche quando s'era persa nella lettura degli scrittori più tristi e ipocondriaci, che so, *Le operette morali* di Giacomo Leopardi, *Lettera di Eloisa ad Abelardo*, o i sonetti di Ugo Foscolo, i capolavori di Proust, Melville, Shakespeare, Petrarca, *Le Notti Bianche* di Fëdor Dostoevskij, mai aveva provato un tale tormento, neanche ascoltando le musiche più tristi, e funebri, come la *Sonata al chiaro di luna* di Beethoven, la *Tristesse* di Chopin, il *Requiem* di Mozart, l'*Ave Maria* di Schubert.

Aurora poteva mai immaginare che un giorno quella sorte potesse toccare a lei?
Lei, che prima di quegli avvenimenti si sentiva invincibile, intoccabile.

Pierluigi la guarda dritto negli occhi, Aurora ci prova con tutte le forze, ma non trattiene le lacrime che come pugnali squarciano il suo viso.

Pierluigi, nel vederla, è colto anche lui da un moto di commozione, ma per evitare al dolore di prendere il sopravvento tende la mano ad Aurora, con il braccio teso e fermo, come se stesse salutando una persona qualunque non un'anima che, fino a pochi giorni prima, aveva con lui condiviso e diviso la sua vita, la sua esistenza.

Aurora porge la sua, che è gelida e tremante.
Lui l'afferra, la tira a sé, e le dà, delicato ma risoluto, un bacio sulla guancia destra, e le dice:

"Vai, sennò fai tardi."

Lo dice con voce bassa e calma, una calma apparente, perché Pierluigi il duro, "quello strano", dentro di sé sta morendo, ma c'è qualcosa che lo spinge a proseguire in quel cammino intrapreso, a non interrompere quel viaggio iniziato; deve continuare a costo di perdere tutto e tutti, e così riesce ad essere apparentemente distaccato.

Aurora, nel sentire quel tocco delle labbra di lui sul suo viso, con un gesto veloce asciuga le lacrime che ormai scendono come un fiume in piena, senza freno.
Comprende che ora non può più continuare con quei tormenti, cerca di ricomporsi e di riassumere il controllo, veloce si asciuga le pallide guance, gli rivolge un ultimo sguardo quasi a volerlo immagazzinare, memorizzare, quasi a voler portare con

sé quell'ultima immagine, poi stringe le labbra e con un filo di voce riesce solo a dire:

"Ciao".

Pierluigi, anche lui frastornato, risponde automaticamente:

"Quando arrivi, avvisami".

Aurora non trova la forza di parlare, riesce solo ad abbassare le palpebre in segno di approvazione, poi afferra il suo bagaglio, si gira verso il banco delle guardie del controllo passaporto, e va.

Pierluigi osserva la sagoma del corpo di lei, di spalle, si trattiene ancora cinque, sei secondi, è dolorante nel fisico e non solo, ma dentro di lui qualcosa lo spinge, una forza misteriosa ma presente gli dà la forza di affrontare quel distacco, si gira su stesso e si incammina verso l'uscita dell'aeroporto.

Con il cuore mai sarebbe stato in grado di prendere quella decisione, ma la mente e la ragione questa volta hanno vinto.

Aurora è seduta sul sediolino A della fila sei del Boeing 737 dell'American Airlines che la riporterà in patria.

Il generale ha preteso che viaggiasse in prima classe.

Pierluigi, uscendo dall'aeroporto, avverte dell'aria più calda sul viso.
È triste, come detto, ma una strana sensazione di sollievo e di liberazione gli ruota attorno.
Non è tanto la partenza di Aurora a dargli questa sensazione, ma è il fatto che, ancora una volta, si ritrova da solo dopo tanto tempo a dover affrontare il mondo.
Ancora una volta si ritrova con se stesso a riflettere, analizzare, e a vivere una nuova situazione fino a poco tempo prima inimmaginabile.

Pierluigi, nonostante il fidanzamento con Aurora, e la presenza di Lia nella sua vita, è abituato a razionalizzare e a pensare in modo assoluto.
È un tipo solitario, non ha mai basato la sua vita sugli altri, specie da quando è stato travolto dalla sciagurata morte della madre.
È abituato a risolvere le questioni interne al suo spirito da solo, non ha mai condiviso appieno i suoi tormenti e i suoi dolori più intimi, e ha sempre creduto che nessuno in fondo avrebbe mai potuto capirlo, avrebbe mai potuto comprendere realmente qual fossero i suoi pensieri, le sue paure, le sue angosce più profonde.

14

Martedì, 17 settembre 1991

Aurora è in casa, ha trascorso gli ultimi giorni in trepidazione.
Non ha avuto ancora il coraggio di dire la verità a sua madre, che nel vederla tornare da sola e nel vederla triste per tutto il tempo non si dà pace, e non trova una spiegazione plausibile del perché Pierluigi l'abbia lasciata.

Povera Lia, se solo sapesse, se solo immaginasse quanto il genere umano è così mostruosamente crudele a volte.

Aurora, in questi giorni trascorsi, ha parlato una sola volta con Pierluigi: al telefono, al suo arrivo dal suo interminabile ed infinito viaggio.
Per avvisare che è giunta a casa sana e salva.

Non si è presentata in ufficio, al lavoro, per ora non ce la fa ad affrontare con quella faccia e con quell'angoscia i colleghi ed i suoi superiori, ben che meno un cliente, impensabile un giudice.

Il mestiere di avvocato è molto difficile, oltre a dover essere costantemente e continuamente aggiornato sulle leggi, i codici, civile e penale, ed i loro ripetuti cambiamenti, devi avere anche un assetto psicologico forte. Per poter vincere le cause, a volte, non basta conoscere e sapere, ma ci vogliono anche determinazione, grinta, volontà, e bisogna mostrare sicurezza e fierezza. Tutte cose che per ora Aurora ha accantonato chissà dove.

La poveretta non solo è afflitta sul non sapere cosa fare con la madre, è anche tragicamente frastornata dagli eventi e dalle notizie shock ricevute.
Ma più di tutto, le manca terribilmente il suo uomo/bambino.

Pierluigi, in tutto questo periodo, si è dato alla conoscenza diciamo più approfondita della lingua anglosassone, ha instaurato un buon rapporto con Billy e sta cercando di inquadrarlo in una casella ben precisa della sua scacchiera immaginaria.

Sta cercando di analizzare il ragazzo sia dal profilo strettamente umano, sia dal punto di vista psicologico.

Billy ha solo quattordici anni, ma anche lui sembra averne di più; in effetti i suoi occhi incavati e grigi hanno uno sguardo penetrante e profondo, ma allo stesso tempo a volte sembrano occhi tristi, e velati da un'ombra di chi è in balia di un cupo naufragio.

La sua giovinezza sembra a volte svanita, non ve n'è traccia alcuna.
Sa argomentare anche discorsi di grande spessore; altre volte invece la fanciullezza e la spensieratezza

prendono il sopravvento, facendogli proferire solo banalità.

A volte sembra impenetrabile, impassibile, si vede che ha sofferto, sembra un'anima solitaria e questo a Pierluigi non è sfuggito.

"Chissà perché."

Mentre Pier fantastica e viaggia con la mente seduto in giardino, un piccolo uccellino si poggia sull'erba di fronte a lui.
Con scatti rapidi gira veloce la sua testolina ad osservarlo, fino a che non si blocca.
Pare sappia il fatto suo, quella piccola bestiola, e nei suoi minuscoli ma vispi occhietti neri c'è scaltrezza, curiosità, intensità.
Sembra per Pier un segno quando questi, impavido, gli balza con piccoli saltelli, fino a due, tre, centimetri dai suoi piedi, guardandolo dal basso verso l'alto, e cinguettandogli dritto in viso.
Sembra volergli dire qualche cosa, sembra volerlo spronare; poi, con un altro balzo rapido, spicca il volo nel cielo.

I giorni recenti, fatti sì di dolore e angoscia, ma anche di passeggiate all'aria aperta, di calore familiare, di sesso immaginario con Anastasia, ad un tratto diventano sconosciuti e lontani.

Comincia a chiedersi cosa ci faccia lì, e cosa stia aspettando a prendere il primo volo per tornare in Italia e scoperchiare quel contenitore di sudiciume.

Comincia a chiedersi, quanto tempo ancora possa approfittare di quel vitto e di quell'alloggio, e soprattutto, comincia a chiedersi, cosa ne sarà del suo lavoro, poiché è sparito completamente.

Chi avrà preso il mio posto?

Si chiede come mai Aurora non si faccia sentire, si chiede come mai Bob e il generale Antony non parlino più dell'argomento degli omicidi, si chiede come mai non ha ancora fatto l'amore con Anastasia, che ogni volta che si reca in visita a casa loro gli lancia sguardi e segnali sempre più espliciti ed eclatanti che smuoverebbero anche l'austerità di un anziano prete, suscitandogli un palpito di passione.

Si chiede se Aurora abbia già parlato con Lia, e cosa la poveretta stia passando.

Si chiede, con una punta di gelosia, se Aurora stia già accettando le avances o stia cadendo nella rete di qualche marpione, collega di ufficio, o qualche altro uomo ricco e potente che avrebbe fatto follie per quella donna così sensuale, e sexy.

Si chiede come sarebbe la sua vita, se decidesse di restarsene lì ancora, con le mani in mano, e si chiede

anche come mai per circa un mese avesse vissuto in una villa enorme, con piscina, a dialogare con Virginia e Billy, come se nulla fosse, come se li conoscesse da sempre.
Si chiede anche se ora il suo corpo sia in grado di poter sostenere di nuovo gli sforzi del body building, e lo fa passandosi una mano intorno al fianco destro, sfiorando con delicatezza la ferita.

D'improvviso, aggrovigliato nei suoi pensieri, mentre viene travolto da tutti questi interrogativi, ha un monito.
Viene come catapultato nella realtà; un senso di avvilimento lo opprime, e un velo di lacrime e tristezza si fa strada nei suoi occhi, nella sua espressione.
Comincia ad avere paura che ormai sia troppo tardi; è colpito dal fatto che tutti quegli interrogativi necessitino di una risposta in brevissimo tempo.
Quanto tempo ancora gli sarà concesso dal fato e dalla vita?
E Aurora, anche se distante, ma sempre presente, quanto ancora lo aspetterà?
Possibile che gli stiano sfuggendo dalle mani tutte quelle situazioni?
A lui, che ama tenere il controllo, su tutto e tutti?
Deve agire, deve farlo in fretta, prima che sia troppo tardi.
La sua coscienza rivendica giustizia.
La sua dignità chiede ritegno e fermezza.
Nel suo spirito riecheggiano azione, lotta e combattimento.
Il suo corpo necessita di allenamento.

La sua anima reclama vendetta.
La sua mente rigetta il rimorso in modo fermo e deciso.
Freme di giustizia, e verità.
Gli vengono in mente i corpi delle tre donne martoriate.
Gli balza agli occhi il corpo della madre trafitto, crudelmente sventrato e violentato.
A quanto lei aveva rinunciato, quanto lei aveva combattuto per difendere e dargli la vita!
Quanto aveva dovuto subire, e lottare, e provare, mentre le spezzavano il cuore, mentre le spegnevano i desideri, mentre le toglievano la dignità, come la si può togliere ad una fanciulla traendola in inganno, approfittando della sua ingenuità e della sua inesperienza.

A Pier balza alla mente improvvisamente la scena del delitto, quando si era recato automaticamente con la macchina sul posto.

Si desta, i suoi occhi si sgranano; la sua mente è colpita come da un'improvvisa scarica elettrica, riceve come una sberla a mano aperta, il suo cuore trabocca di commozione e rabbia.

Fino a quel momento lui ha sempre saputo cosa fare, e cosa desiderasse fare, ha sempre controllato e deciso ogni sua azione, almeno così gli era Parso.E cosa gli era capitato, nell'ultimo mese?
Si riscuote, e si chiede quale sia stata l'ultima volta in cui ha veramente fatto ciò che voleva; tranne quando ha

donato il suo rene a Billy, non gli vengono in mente altre cose.

Basta, deve agire e farlo al più presto.

15

Intanto, quella sera vanno lui, Billy e Virginia, assieme a Bob, Sandra, Stacy, e Sean a cenare a casa del generale Antony Gate, che vive in una tenuta a Middletown nei pressi di Navesink river road; li arrivano poi anche Anastasia, e una sua amica, Linda.
Il generale abita da solo da quando è morta la moglie.
Della "casa" si occupano un giardiniere, una governante, due camerieri, un uomo e una donna sposati, che lavorano e vivono nella dépendance accanto alla villa, e uno stalliere per i cavalli.

Arrivano alla tenuta del Generale dopo circa una mezz'oretta di cammino.
Pierluigi non può fare a meno di stupirsi davanti alla maestosità di quella casa che accoglie i suoi ospiti con un viale alberato.
Gli alberi sono tutti equidistanti l'uno dall'altro, e tutti della stessa altezza.

"Devono essere stati piantati apposta così anni fa" riflette.
Il viale è lungo almeno cento metri; termina davanti ad un cancello alto, nero, con al centro tra i due battenti, che si aprono piano mossi da un motore elettrico, uno stemma raffigurante due cavalli che paiono sfidarsi nel galoppo, con in sella degli ipotetici fantini con berretto.

Sopra di esso, sempre in ferro, nero su nero, in rilievo, una scritta che prende tutta la sua ampiezza, **GATE**, e sotto quello che deve essere il nome di uno dei cavalli, **AIRTON**, perché è più piccola e indica il primo dei due.

Pierluigi, vedendo quel cancello, e osservando il formato della scritta in ferro nero su nero, ha un senso di fastidio. Torna nella sua mente per pochi istanti un documentario che aveva visto; parlava dei campi di concentramento tedeschi e polacchi dove vi erano all'ingresso dei lager questi enormi cancelli con su la scritta:

"Arbeit Macht Frei" [Il lavoro rende liberi].

La casa è a forma di elle, alta due piani, più le mansarde con tetti spioventi; in fondo sulla destra s'intravede uno steccato con un grande rettangolo, dove probabilmente si allenano i cavalli.
Il contorno della villa è tutto alberato, per lo più ci sono basse palme Washington. Delle luci, di colore verde e bianco, tratteggiano il sentiero fatto di grossi blocchi di pietra bianca, che a forma di esse, conducono alla soglia di ingresso. Alle spalle del recinto si perde la vista, per quanto è vasta e profonda la tenuta.

Per arrivare hanno attraversato un paio di fiumi e costeggiato il mare; così è sembrato a Pierluigi, che in quei giorni è stato per lo più a riposo a cercare di recuperare tutte le energie fisiche e vitali, e quindi non ha avuto modo di girare e conoscere a fondo il territorio.

In effetti sulla sinistra della casa c'è l'insenatura con Marion Lake, dove da un lungo pontile si può salire sulla "barca" del Nonno di Billy, un Viking di diciotto metri circa, con la quale il generale spesso si isolava dal mondo, "come diceva lui", passandoci lunghi week and e dedicandosi alla pesca.

La cena è gradevole ma più di tutto sono le occhiate e i sorrisini che gli lanciano a ripetizione e quasi in sintonia fra loro, Linda e Anastasia, a dare alla serata un tocco inebriante per Pierluigi.
In effetti, le due ragazze, oltre a sembrare divertite dalla presenza di quel bel ragazzo italiano, sembrano avere tra loro un'intesa fuori dal comune, e tutta particolare.

Non tarda ad arrivare l'ora dei saluti; il tempo passa veloce, ed è allora che Linda e Anastasia invitano l'italiano a trascorrere con loro un po' di tempo in un locale. Un Music Bar di Manhattan, per bere un drink, e raggiungere altri amici. Aggiungono poi che avrebbero accompagnato loro Pier a casa di Virginia, con la macchina di Linda.

Pierluigi, incuriosito e soprattutto divertito da quegli sguardi ammiccanti e languidi, accetta di buon grado di seguire le due ragazze.

È da tanto che non passa una serata fuori, tra gente allegra e giovane.

Quella notte, per Pierluigi, sarà una delle notti più divertenti ed eccitanti della sua esistenza, ma anche indimenticabile.

Infatti, dopo essere giunti al Cipriani, un locale molto in voga all'epoca, per bere ed ascoltare della musica pop e fare conoscenza del gruppo di amici di Linda ed Anastasia - persone stravaganti di alto ceto sociale, ma divertenti - i tre si ritirano, nell'appartamento di Linda (dire che fossero brilli, è dire poco).

Pierluigi non ha comunque perso del tutto la lucidità per non ricordare in seguito quello che quella notte ha visto e provato.

In effetti quell'intesa tra le due ragazze non è casuale o la solita intesa che può esserci tra amiche, è qualcosa di più.

Linda è perdutamente innamorata di Anastasia che non la ricambia allo stesso modo, e per questo la presenza di Pierluigi l'ha fatta ingelosire non poco.
Infatti quando era venuta a sapere da Anastasia, di quest'italiano di bell'aspetto, interessante, palestrato, riccio, moro, e che era giunto in America per compiere un gesto eroico, si era ingelosita a dismisura.
In effetti, Anastasia non ha capito ancora bene e definitivamente da che parte stare, sessualmente

parlando. E quando aveva parlato estasiata, specificando i minimi particolari, di quel macho Italiano, Linda aveva giurato vendetta.
Infatti, non del tutto lucida, questa sera, ferita nell'orgoglio, li ha invitati entrambi a casa.

Ora, provate ad immaginare un ragazzo Italiano, degli anni Novanta, cresciuto in una periferia non troppo emancipata ed aperta, specie sui concetti sessuali, che, all'improvviso, travolto dal turbinio dei suoi sentimenti e dalle angosce della vita, si ritrova in un letto con due affascinanti fanciulle americane, che se lo contendono, e che lo usano come un sex toy, dopo due mesi circa che non praticava del sesso.

La notte, come si può facilmente intuire, è bellissima, travolgente, eccitante, sconvolgente, indimenticabile.
È anche la prima notte in cui sperimenta il sesso dopo l'intervento pertanto in lui l'ansia, l'eccitazione per quella cosa stravagante, ma anche la paura di non riuscire ad essere come prima lo assalgono.
Inizialmente è timoroso ed impaurito, poi la dolcezza delle ragazze, ed il suo stato poco lucido, gli danno mano a mano più disinvoltura.
Al mattino seguente, quando Pierluigi si risveglia, avvolto in mezzo alle quattro cosce e ai quattro seni, subito dopo il compiacimento di se stesso, e le certezze ritrovate, comincia a provare una sensazione di disgusto, vuoi per i fumi dell'alcool che erano del tutto sbiaditi, vuoi perché quelle povere fanciulle, prive di amor proprio, non avevano mostrato il ben che minimo

pudore nello spogliarsi, nel baciarsi intimamente, ma più di tutto, nel scambiarsi saliva e liquido organico, attraverso le loro bocche, assatanate di sesso.
Questa sensazione si acuisce maggiormente nell'animo di Pierluigi quando, dopo la doccia e la colazione, sia Linda che Anastasia si rivolgono a lui con superficialità e con distacco, come, se delle ore trascorse non vi fosse memoria, e come se non fosse accaduto completamente nulla, come se tutto fosse normalità.

Si sente sporco, usato, e frustrato; per l'ennesima volta ha compiuto gesti e fatto cose che non aveva deciso di fare, ma si era fatto travolgere dagli eventi.

Impreca contro se stesso per essersi fatto abbindolare ed usare da quelle due affascinanti, pericolose, e diaboliche ragazze.

Giura a se stesso che in futuro mai avrebbe bevuto più di un drink, dando in parte la colpa dei suoi comportamenti al suo stato di ebbrezza.

Pierluigi, dopo gli anni della morte della madre, si era anche allontanato dalla chiesa e dagli insegnamenti che la povera Katia aveva provato a dargli sulla religione e su Dio.
Da piccolo era stato battezzato ed aveva fatto anche la comunione, il tutto non senza difficoltà da parte di Katia, che aveva sempre dovuto lottare e giustificare ai preti il fatto che fosse una ragazza madre.

Nonostante però le avversità di qualcuno era riuscita a trasferire al figlio quei minimi concetti di cristianità e di amore che la chiesa chiede di applicare.
Ma proprio perché Pierluigi –era stato sempre considerato un diverso, ed uno "strano" da parte di quel mondo che tanto dà, ma tanto toglie allo stesso tempo, (secondo me per un arretratezza dei suoi profeti moderni) non aveva mai potuto sopportare preti e monache, e a maggior ragione aveva cominciato ad avercela anche con Dio da quando la sua vita era stata sconvolta dal tragico evento.
In sostanza, la sua fede era sbiadita, scolorata, in cuor suo sapeva che qualcosa dall'altra parte doveva esserci, ma aveva come un rifiuto a dover aprire ancora il suo cuore verso quel Dio che gli aveva regalato solo tanta sofferenza e dolore.

Proprio come molti usano fare, anche Pierluigi, erroneamente, aveva creduto che se uno prega, va in chiesa e compie buone azioni, alla fine qualcosa gli è dovuto, e quindi viveva la religione come un *do ut des*, senza comprendere appieno che amare, in senso assoluto, vuol dire dare senza per forza ricevere qualcosa in cambio.

Pertanto, all'epoca lui e la fede percorrevano due strade parallele che difficilmente si sarebbero intersecate tra loro.

Questa mattina però sente il bisogno di pregare, probabilmente crede di averla fatta grossa.

Infatti, l'elemento scatenante, o se vogliamo la goccia che fa traboccare il vaso, era stata proprio quella notte e l'avventura, vissuta.

Tornato a casa da Virginia e Billy nel pomeriggio inoltrato, il giorno dopo la cena, prova un certo imbarazzo per essersi trattenuto con Anastasia e Linda, anche perché, quasi sicuramente, Virginia conosce le stravaganze e l'ambiguità sessuale delle due.

Decide quindi di tornare in Italia, al massimo entro tre, quattro giorni, che gli servono per raccogliere le prove e i documenti, e tutte le informazioni necessarie circa i tre delitti, deciso a far riaprire il caso al più presto.

Ha, nei giorni successivi, un incontro con Bob ed il Generale Gate per catalogare tutti i documenti e le prove, e per preparare la strategia, da attuare una volta in Italia, per denunciare e rendere pubblici i delitti e le atrocità che erano rimaste impunite.

16

Sabato, 21 Settembre, 1991

Pierluigi è pronto con il suo bagaglio; Bob è fuori casa di Virginia e Billy, lo attende nel suo pick-up Ford con il motore acceso; ha dato un colpo di clacson per annunciare la sua presenza.
Pierluigi saluta Billy, avvolgendo il suo esile corpo in via di ripresa con le sue braccia muscolose e forti.
Virginia sembra emozionata; ha negli occhi un velo di malinconia e tristezza, accenna a un flebile sorriso ma la stretta morsa delle labbra tradisce il suo stato d'animo. È riconoscente e grata a Pierluigi, ma sembra anche dispiaciuta sinceramente della sua partenza.

Pierluigi, prima di lasciare definitivamente la casa, estrae dalla tasca della sua giacca una busta bianca, e la consegna a Billy. Con un occhiolino gli dice:

"Leggila quando sarò in aereo".

Poi gli dà un pizzicotto simpatico sulla guancia destra e va.

Virginia non riesce a trattenere due lacrime nel vedere quella scena.
Anche Billy è commosso.

Pierluigi è in aereo, si sistema alla meglio sul posto a lui assegnato, il dolore al fianco non è ancora sparito del tutto, ma non ha tempo per pensarci, ora deve direzionare le sue energie verso l'obiettivo prefissato.

Ora deve fare giustizia.

Dopo la prima oretta, e le fasi di preparazione e di decollo che agitano sempre un po' i passeggeri e l'equipaggio dei voli transoceanici, finalmente in aereo c'è un po' più di calma.
Pierluigi prende dal suo zaino, un quadernone formato A4 e una penna; per cominciare a scrivere, ha scoperto, dopo i tragici eventi che furono, che gli riesce più facile esprimere i suoi sentimenti scrivendo, anziché parlando.

Mentre cerca una pagina bianca e pulita dove scrivere ad Aurora, trova una lettera che aveva scritto alla madre tempo addietro.

A Katia… mia madre:

O mamma dove sei??
Dove ti sei nascosta non ti vedo,
dov'è il tuo profumo, dove sono le tue mani, dove sono i tuo occhi, dov'è la tua voce.
Ricordo la tua sagoma nera di schiena avvolta nel sole del tramonto con lo guardo verso il mare …ricordo ancora quando ho scattato quella foto.
O quanto vorrei che adesso tu fossi qui,

assieme a me, a guardare questo mare.
Vorrei aver avuto più tempo da trascorrere con te, più possibilità di abbracciarti, di parlarti, di sostenerti, soprattutto quando ne avevi bisogno, e io non capivo.
Scusami, se non ti ho abbracciato forte quando ti ho visto lì a terra.
Perdonami, ma non ce l'ho fatta.
Il destino ti ha portato via così in fretta, senza un motivo, senza un perché, separandoci per sempre, senza darmi il tempo per comprendere il tuo amore.
Tutto il tempo che abbiamo trascorso insieme è stato troppo poco, è stato un misero lampo, e provo tanta rabbia se penso che avrei potuto dedicartene di più, non mi sono reso conto, credevo che non sarebbe mai finito, se solo potessi tornare indietro.. Ripenso a quella volta che litigammo e lasciai passare tre giorni senza rivolgerti la parola, per il mio stupido orgoglio, quanti errori si fanno quando non si è consapevoli..
Quanto mi piacerebbe ora poter litigare ancora con te, e dopo come ogni volta abbracciarci forte forte.
Perdonami Mamma, se non ti ho capito, non ho saputo ricambiare il tuo amore, se non ho compreso tutto quello che hai fatto per me.

Tu che mi hai regalato questa vita, tu che mi hai messo al mondo, nonostante tutto e tutti, lottando contro tutto e tutti.
Ero piccolo, e tu mi hai cresciuto, da sola, con tutto l'amore che una madre possa dare, e anche di più.
Mi hai allevato, educato, e poi mi hai lasciato libero.
Libero di vivere la mia giovinezza e le mie esperienze, affogando le tue esigenze e sopprimendo i tuoi istinti, negando a te stessa la felicità e la serenità che spettavano ai tuoi anni per regalarle a me.
Mamma,.... era da tanto che non pronunciavo questa parola.
Spero ovunque tu sia che sia un posto migliore di questo.
In un angolo nascosto del mio cuore, so che tu ci sei, e che mi segui, mi osservi. E scusami se a volte non ho compiuto gesti meritevoli, e ho fatto cose che realmente non ho cercato e voluto.
Le ho fatte perché trasportato dagli eventi.
Perdonami se puoi, sto crescendo, sto imparando.
O.. Mamma, vorrei almeno solo un altro giorno, per passare ogni secondo di esso al tuo fianco, e sorridere assieme a te, giocare assieme a te, mangiare, parlare, correre, leggere un libro, ascoltare un po' di musica assieme a te, abbracciarti e toccarti, addormentarmi al tuo fianco.

Mamma, quanta sofferenza mi hai celato, che accompagnava le tue giornate e tormentava il tuo cuore, ma tu sei stata più forte, mi hai fatto vivere e crescere sereno e felice, mi accoglievi sempre con un sorriso, mai un lamento, eri il mio scudo il mio riparo vero e sincero.
O Mamma, se potessi parlarti ancora, e tu ora potessi darmi consiglio. Spero solo che un giorno io possa stare ancora con te, di nuovo.
O fantasticato spesso sul fatto che se mi dessero la sicurezza che morendo tornassi da te, ti raggiungerei all'istante, senza un attimo di esitazione.
Mi sei mancata molto in questi anni, e mi manchi ancora tantissimo, da morire.
Condividerei con te tutto, i Natali che non ho condiviso, i viaggi che non ho condiviso, ti racconterei del mio primo amore, del mio primo stipendio da capo squadra, ti farei vedere la mia prima foto all'estero, o più semplicemente festeggerei il tuo trentaseiesimo compleanno.
Mi accontenterei anche semplicemente vederti preparare la cena o lavare i piatti.
Mamma un pezzo del mio cuore non c'è più, è lì con te, ovunque tu sia.
Ti amo, non te l'ho mai detto, stupidamente, non ne ho avuto il coraggio, quando potevo.

Sono sicuro che tu mi senti e mi ascolti, sono sicuro che ruoti intorno a me ogni giorno. Io non posso vederti e toccarti ma avverto la tua presenza.
Mamma, sorvegliami sempre come hai fatto finora, ti mando un bacio con il vento e un abbraccio infinito.

il tuo Pierluigi

Ripone il quadernone nello zaino, davanti ai suoi piedi; è commosso e con tristezza nel viso butta lo sguardo fuori dal finestrino.
Si asciuga le lacrime, che da tanto, troppo tempo, non bagnavano le sue guance.

Sotto, il cielo è rosso fuoco, mentre alzando gli occhi si vedono le stelle che brillano. Immagina che una di esse sia la madre, che lo osserva.

Passano quattro ore, gli hanno servito il pasto: della roba puzzolente ed immangiabile in delle vaschette a strappo.

Ha ascoltato un po' di musica, in America ha comprato un walk-man con delle cuffie e una decina di cassette di musica pop e rock.

Ritira fuori il suo quadernone, va su una pagina in bianco e scrive:

Ad Aurora

Cara Aurora,
ti scrivo queste poche righe per dirti cose che a parole spesso non riesco ad esprimere.
La lontananza mi ha fatto riflettere molto sulla nostra storia e sui miei sentimenti.
Tu per me, da quando ero bambino, sei sempre stata un sogno, e sei sempre stata un mito inarrivabile.
Poi, un giorno, ho scoperto che i miti sono sulla terra, e che i sogni si avverano, (anche se non sono sempre sogni piacevoli).
Ti sono grato per tutte le emozioni che mi hai dato e regalato in questi anni, e che mi hai fatto provare.
Ti sono grato per essermi stato vicino, per avermi sopportato, e per aver sostenuto la mia causa.
Anche raggiungendomi qui in America mi hai dato dimostrazione di quanto ci tieni a me .
A volte non riesco a dirti quello che penso realmente perché forse non ho raggiunto ancora la maturità per poter dire liberamente certe cose.

Voglio che tu sappia che sei importante per me, e che mi sei mancata molto.
Scusami se per ora non riesco a starti vicino, ma ogni volta che penso a te non posso non associarti a tuo padre e a quello che ha fatto a mia madre.

Spero tu mi comprenda...

Ad ogni modo cercherò di sforzarmi per riuscire a scindere questi due pensieri e a tenerli separati, spero vivamente di farcela.
Speriamo solo che il tempo ci dia la forza di superare anche questa brutta situazione che si è creata, che ha rovinato la nostra esistenza e che ora tiene separatii nostri cuori.
Spero tu comprenda che anche per me tutto ciò è sofferenza.
Sono accadute tante cose, belle, brutte, buone e cattive, per ora, mi sento di dirti solo questo, il resto, magari più avanti.
Ti abbraccio
T.V.B.

Pierluigi

Richiude il quaderno, lo ripone nello zaino, osserva l'orologio, manca poco è quasi ora di atterrare.

Nel frattempo, Billy è in camera sua, sta imparando a suonare la chitarra classica, è preso dal giro di Do.

Ha letto la lettera di Pierluigi e si è commosso assieme a Virginia che gli teneva strette le mani.
La lettera dice pressappoco questo:

Ciao Billy,
ciao Fratellino, sono felice che tutto sia andato bene, sia per te ed anche per me ovviamente.
Sono felice di averti conosciuto, felice di avere un Fratellino...

Voglio solo dirti che, da ora in poi la tua vita sarà diversa, perché se fino a poco fa tu pensavi di essere figlio unico ora non lo sarai più.

Io e te siamo fratelli, anche se per circostanze diverse e di due madri diverse, una parte del nostro sangue è comune, ed anche se ci siamo conosciuti già grandi ciò non minerà il nostro amore.

Dobbiamo recuperare il tempo perso giusto???

In questi giorni che ho trascorso con te e Virginia ho avuto modo di apprezzare la tua gioia e la tua voglia di vivere.

Tua madre è davvero eccezionale.

Ho visto, e so che hai sofferto molto, e voglio dirti che mi impegnerò affinché da ora in avanti tu sia soltanto felice.
Basta ospedali e sofferenze... giusto?

Spero che questa situazione che devo risolvere in Italia si sbrighi presto, e spero, come promesso, che tu possa raggiungermi assieme a Virginia, Bob e tutti gli altri per Natale.

Lo so che ora sei triste perché ci siamo separati come lo sono io, ma avremo modo di stare ancora assieme, te lo prometto.

Ora pensa a studiare, ed a dare soddisfazione a tua madre che merita un po' di pace e gioia.

Scrivimi presto.

Un abbraccio forte tuo fratello

Pierluigi

P.S. Che cosa hai da dirmi di quella biondina che al centro commerciale ti ha fatto un sorriso a trentadue denti, e che poi ha telefonato l'altro giorno?
Mi pare che tu mi nasconda qualcosa... ahhaha...
è molto carina, complimenti!

Pierluigi è rientrato a casa ed entrando nel portone ha buttato l'occhio alla finestra di Aurora.

Le finestre e le tapparelle sono tutte abbassate.

Apre la sua casetta; ha un senso di piacere ritrovando le sue cose, trovandosi tra le sue mura familiari.

In fondo, il desiderio di evadere e fuggire è sempre stato presente in lui, ma poi, ogni volta che ritorna da un viaggio, si lascia avvolgere da un simbolico abbraccio caldo, dalle pareti della sua piccola casa.

Disfa le valige, ha un po' di appetito, apre il frigo e l'odore che fuoriesce non promette nulla di buono.

Oltre al latte scaduto, e un pezzo di formaggio ammuffito, ci sono le cipolle che hanno invaso tutto con il loro tanfo.

Il viaggio di ritorno, stavolta, sembrava non finire mai. Viaggiare in solitudine comporta anche questo prezzo da pagare.

Lascia le finestre aperte, per far arieggiare la casa, e alza su le tapparelle anche per dar segno della sua presenza.

Sono passati tre giorni; né Aurora, né sua madre, sono andate a bussare alla sua porta, né lui ha fatto altrettanto con loro.

Non le ha viste né sentite neanche passare nel palazzo.

La situazione è strana, e per certi versi paradossale. Pierluigi comincia a farsi tante domande, a sospettare.

Chissà se Aurora ha aperto la busta contenente la lettera che lui ha lasciato nella cassetta della posta.

E perché non mi ha neanche risposto?
Aurora avrà parlato con la madre?
Come l'avrà presa Lia?
E come mai m'ignorano?
Aspetta un attimo!!! Ma come funziona?
Vuoi vedere che adesso sono io che dovrei dare conto a loro?
Ma stiamo scherzando?

Poi si decide, e promette a se stesso che verso le 21 andrà da Aurora.

Sono le 20 e 45, Pierluigi, seduto in cucina guarda l'orologio, conta i secondi, i minuti, come se il tempo datosi, fosse una scadenza prefissata da anni.
Come stesse per arrivare l'orario di qualche evento speciale.

Impaziente, ansioso, ora guarda il timer della sveglia in camera da letto, ora butta l'occhio di nuovo all'orologio in cucina.

Sono le 20 e 53, l'attesa è troppo snervante, decide di andare a bussare.

Poi pensa, che è meglio se citofona prima, magari Aurora e Lia non sono in condizioni da poter ricevere subito la sua visita.

Anche se negli ultimi anni Pierluigi è vissuto praticamente in quella casa, si sente come un estraneo che per la prima volta va a bussare ad una porta di sconosciuti.

Mi vengono in mente certi venditori porta a porta, che contro ogni imbarazzo e timore devono convincere perfetti sconosciuti a farli entrare.
Convincerli in meno di alcuni secondi che non sono né truffatori né ladri ma benefattori che propongono solo "affari irrinunciabili".
Indossano la loro maschera più bella e affabile, e mostrano tutta la loro profonda e sincera innocenza, pur di riuscire a varcare la soglia.

Così Pierluigi si sente e quindi decide di approcciare inizialmente al citofono:

"Sì, chi è?", risponde Lia.

"Salve Lia, sono Pierluigi" è un po' timoroso nella voce.

"Ahh… Pierluigi, e… mmm… vuoi salire?"
La voce di Lia non è la solita, sembra indecisa.

Come mi chiede se voglio salire? pensa incredulo.

"Non lo so, non vorrei disturbare… mmm.
Perciò ho citofonato prima, …maaa… Aurora c'è?"

“Sì certo che c’è, ma sta riposando un po’, non si sentiva molto bene. Aspetta ora vedo se è sveglia!”

È la prima volta, dopo tanti anni, che Lia non mostra felicità nell’ascoltare la voce di Pierluigi.

Pier nota la sua incertezza:

“No dai Lia, se sta riposando lasciala stare, ci vediamo domani, volevo solo dirle che sono tornato, dai ci vediamo domani, ok?”

“Mmm… ok Pierluigi, va bene, forse è meglio!”

Pierluigi resta basito per qualche secondo davanti al citofono.

Forse è meglio!

Mille pensieri e interrogativi in brevissimo tempo lo angosciano.

Poi ha un moto di ribellione nei confronti di quelle parole e dei suoi torbidi pensieri, e rimprovera se stesso per aver compiuto quel gesto che ora considera stupido.

Entra nel portone ed è nervoso, agitato.
Osserva la cassetta della posta, vede che ci sono cinque sei, buste.

Le raccoglie, sono bollette varie, carta di credito, banca etc. etc.

Poi butta l'occhio, sbircia in quella degli Anzovino e vede anche lì un paio di buste.

"Forse Aurora ancora non ha letto la mia lettera?"

Per la prima volta si sente ladro, ma sente di voler spiare, ha bisogno di capire.

Con la chiave della serratura della sua porta, che è più lunga delle normali, cerca di affiancare le buste allo sportellino; poi ficca il mignolo destro dentro e tira su pian piano, una, due e così via.

Con fare circospetto, come se avesse svaligiato una banca, scappa dentro casa.

Si siede al tavolo in cucina, ripone tutte le buste sul tavolo, gira tra le mani alcune sue, poi quelle degli Anzovino.

Tre le due o tre non vi è traccia della sua lettera per Aurora.

"Ah!!! Allora l'ha letta, e perché non si è fatta viva?"

Poi si accorge che tra le lettere ce n'è una con su scritto:

Centro Tac e Analisi cliniche
via Roma 58, Napoli
80100 (NA)
Dott. Attilio Speranza

Caspita, pensa sarcastico, *un bel nome 'sto dottore... Speranza!*

Poi osserva che è indirizzata a:

Dott.ssa
Anzovino Aurora
Via A. De Curtis, 23
80100 Santa Maria al Faro (Na)

Curioso, apre la busta, stavolta senza provare imbarazzo o timore.

Legge:

Come da sua richiesta, le inviamo le analisi sostenute presso di noi il giorno XX XX XXXX
....
....
Le alleghiamo la tabella dei parametri dell'ormone beta hCG

Tabella delle Beta Hcg

Settimana	Valore minimo (mU/ml)	Valore massimo (mU/ml)
1	17	77
2	45	1175
3	330	10200

4 2160 82640
Secondo i parametri etc. etc ...

Pertanto, alla luce degli esami, siamo lieti di comunicarle che lei è in stato di gravidanza da 9/10 (nove/dieci) settimane.

Anche se già seduto, è come se sprofondasse di nuovo nella sedia.

Si gratta la fronte, cerca di fare due calcoli.

La bocca è spalancata.

Cerca di ritornare con la mente a quando può essere accaduto.

È sconvolto, non riesce a crederci, non sa cosa fare.

Osserva un punto nel vuoto, poi guarda verso il frigo..

Tenuta da una calamita, c'è attaccata una cartolina.

È lì, assieme ad altre due o tre.

Anche lui ha proseguito il rito della madre, che quando andava in vacanza spediva a se stessa una cartolina.

"Per ricordo", diceva.

Si alza, prende quella raffigurante Santa Maria di Leuca (LE).

In essa, è fotografato un alto faro; sulla sinistra la bandiera dell'Italia, posta sulla sua sommità, che sventola.
Dietro, c'è un mare blu spettacolare con un'onda che schiumosa s'infrange sugli scogli bianchi.

Il tramonto rosso fuoco è indescrivibile, dato dal sole che si perde nel mare.

La gira; c'è scritto con la calligrafia di Katia, con un inchiostro ormai sbiadito:

Agosto 1985,   Katia e Pierluigi   for ever!!!

La vita, è come un'onda che s'infrange su uno scoglio.
Nasce, si carica di energia, monta, corre, sbatte e mestamente ritorna indietro e si perde nel mare.
L'importante è cavalcare quell'onda, non esserne travolti.

NOTA

I fatti narrati in questo romanzo sono frutto della mia fantasia Pertanto qualunque riferimento a persone, luoghi o fatti sono puramente casuali.

A.N.

RINGRAZIAMENTI

I miei ringraziamenti vanno alle persone che mi hanno supportato e sopportato durante la scrittura e l'elaborazione di questo libro.

Finito di stampare nel mese di Febbraio 2015
per conto di Youcanprint *Self-Publishing*